シュワの章
「そいつはぁ、儲かるのか?」
「命を賭けてないんで、
さほどでもないっす」

シンの章
「街の治安を守るべきです」

メーリムの章
「メーリム、
フルーツがありますよ?」

アラタの章

「なんかピリピリしてるわね」

M.O.F.

MARGINAL OPERATION
FRAGMENTS III

マージナル・オペレーション［FⅢ］

芝村裕吏
YURI SHIBAMURA

ILLUSTRATION
しずまよしのり

M.O.F III

ILLUSTRATED BY
YOSHINORI SHIZUMA

PRODUCED AND EDITED BY
MOEGI HIRABAYASHI
(SHIGAKUSHA LLC)

BOOK DESIGNED BY
JUN KAWANA

WEB DESIGNED BY
HIDEMITSU IKEDA
(KITCHEN STUDIO LLC)

SPECIAL THANKS
MAFIA KAJITA, NORIMITSU KAIHO,
NACHI KIO, DAISUKE KIMURA
AND ALL THOSE WHO
"CHASING THE WORLD'S MYSTERIES"

シュワの章

M.O.F.

MARGINAL OPERATION
FRAGMENTS III_01

イントロダクション　バンコクの飯

ちょっと前に戦争が起きた事なんて、誰も覚えていないんじゃないか。そんなのどかさが、ここバンコクにはある。戦争の前はクーデターもあったし、元首相の国外逃亡みたいなこともあって、この一〇年以上安定していないんだが、それらを踏まえてもなお、街にはのんびりした風情がある。不思議というか、変なところだ。

そういう意味で、タイというところはおっかない。ワシがどこかでおっ死んでいても、のんびりしているだろうから。

思えば変な感想だと、笑ってしまう。死んだら転生、ただそれだけというのに、元仏僧としていかがなものか。しかも死ぬのが怖いのではなくて、死んでのんびりされるのが怖いとは。どういう了見だろう。

歳かな。あるいは銃を持たない生活が長かったからか。もう一年以上も使ってない。

自分を省みて苦笑が出る。二〇歳の頃に妻子が死んで、仏教に救いを求め、続いて社会に怒りを覚えてテロリストになった。暴れていたらアラタという面白い人物にあって、タイに出国した。そこからは子供兵のトレーニングセンター、その所長みたいなことをやっている。良いか悪いかと言えばさほど悪くはない。もう一度同じ人生を歩めと言われたら、まっぴらごめんだが。

そういえば今日、仏僧とテロリスト時代の元部下、今は部下っぽい何かであるカジタから連絡があった。飲みに行かないかという話だった。

二つ返事で快諾して、その後、なんの話だろうかと考えた。ワシもカジタもこういう経歴だ。やってくる話題も当然ろくでもないだろう。

それ自体はいいのだが、市街戦は避けたいところだ。ここなら議事堂が吹っ飛ばされてものんびりしてるかもしれないが、アラタの心は痛むだろう。すると色々面倒だ。

そんな考えを弄んでいたら、あっという間に約束の時間が近づいてしまった。

時間は少しばかり早いが、最近子供たちのトレーニングに切迫感がなく、暇ではある。数年連れ添ったドイツ人の内縁の妻と子に一言伝えて、のんびり歩いて待ち合わせ場所に向かうことにした。

季節は二月。一年通じて一番過ごしやすい季節なんだが、今日の最高気温が二八度。この時間でも少し歩けば汗が出る。

東京の日の出とあまり時間は変わらないのに、日の入りは一時間くらい違って、こっちのほうが遅いときている。それが気温差に出ているのかもしれない。

ここに住んでいると、寒い国には戻れなくなるな。そういや、アラタの大将もそう言っていた気がする。

まあ、あの男はどこに行っても同じようなコトを言っている気がする。結局のところ、あの御仁は子供たちさえいれば、そこが極楽なんだろう。密林でも極北でも、もちろん戦場でも、ここは極楽だと言う。そういう気がする。

思うにたいしたもんだ。真似がしたいとも思わんが。

カオサン通りに出て、屋台を見て回る。一際大きい入道頭の男が、ウイッスと手をあげてきた。カジタだ。袖なしとはいえ革のベストを着ているのが暑苦しい。

風体からして、日本じゃぎょっとされるような人物だが、こっちじゃ僧侶かなんかと思われるらしく、道行く人に手を合わされたりすることもあるらしい。まあ、それは俺もか。この国では頭を剃り上げていると、得をする。ハゲの天国だ。いや日差しは強いからそうでもないか。

魚醤の匂いにピーナツ油とライムの香りが混じる。これぞタイだ。という気分でカジタと合流した。

「育児はどうですか」

「娘か。かみさんの国と文化が違うんで添い寝できないのが不満だな。まあそれぐらいだ」

「俺は日本より好きですけどね、ここ」

「かみさんはドイツだ。ともあれ」

「何喰いますかねえ」

カジタは周囲に目を走らせながら言った。

「魚の塩釜焼きだな」

そう言ったら、カジタの眉が下がった。

「塩分には気を付けてくださいよ。歳なんだから」

「大丈夫だ。日本より汗になって塩分は出ているからな」

「それにしたってですよ」

明日銃撃戦で死ぬかもしれんような人生なのに、健康を心配される。まあそうか。それが人生か。最近仏の教えをよく思い出す。

屋台で買い物して、各店が共同で出している椅子に座る。安っぽいテーブルの上に買い集めた食い物を置く。ここのビールはぬるいので、氷を入れて飲むことになっている。来たばかりの頃はこれが嫌で仕方なかったが、今となっては氷を浮かべないとビールが濃すぎる気がしてしまう。

「仕事は今なにかしているのか？」

「何にもしていません。趣味でコンピューターゲームの記事を書いたくらいっす」

「そいつはぁ、儲(もう)かるのか？」

「命を賭けてないんで、さほどでもないっす」

「まあ、そりゃそうか。そうか暇か」

ワシはこのあたりの屋台共通の白い皿を見る。皿の大きさに合っていない魚が湯気を上げている。

「喰うか」

「ウイッス」

カジタは肩肘を張って喰い出した。癖らしい。まあ、小さくまとまって喰うにはこいつはでかすぎる。

塩で真っ白になった魚の丸焼きを、箸で塩を落として喰う。少し焦げた匂いが食欲を誘う。そして氷で薄めたビール。いくらでもいける。まあ小便にも行きたくなるが。

それにしてもカジタは何用で来たのか。ワシの視線に気付いたカジタが自然と姿勢を正した。

「どうしました?」

「そりゃこっちのセリフだ。どうした、いきなり誘って」

へ? とカジタが間抜けな顔をした。たまに見せるこういう表情のおかげで、こいつは同業者(テロリスト)に愛される。

「本題は何かと聞いているんだ」

「本題なんかないっすよ。ただ飲みましょうってだけです」

ワシは肩を落とした。カジタはそれを見て、面白そうに笑った。

「平和なもんすよ。ここは」

「去年、そこの通りをまめたんが走ったことを忘れてないか? もうちょっと北じゃ中国軍とうちの大将がドンパチして」

「昔の事ですよ」

カジタはどこか懐かしそうに言っている。

昔なものかと思ったが、若ければそういう風に思うこともあるかもしれない。歳を取れば一〇年前も昨日のことのようになるものだが。

それとも、こいつまでタイに呑まれたか。なんでものんびりと構えるようになってしまったのか。

ワシが箸を止めて見ていると、カジタは恥ずかしそうに自らの頭を叩いた。

「今は平和です。それとも、あの男からヤバい話でも来ましたか」

「アラタの大将か？　いや」

来てないと言って、ワシは腕を組む。

「定時連絡には何も来てない。ただ」

「ただ？」

「アラタって男は、頭が良すぎる。子供以外については感情より理性を優先させている。いつだってな」

「ええ。そこはそうですね」

「つまるところ……なんだ……あいつでもバカがぶち切れて戦争を仕掛けてきたときは普通に奇襲を喰らうんだよ」

「ざまあみろですが、そりゃ置いといて、シュワさん、ヤバい兆候でも見つけたんですか」

「いや、ない」

カジタは俺から魚を奪って俺の目を見ながら手づかみで全部喰った。

「塩分はどうした」

「俺若いんで」

なんだとと思ったが、思わず笑ってしまった。カジタも笑った。二人で笑う。何事かと注目されたが笑いは止まらなかった。

ひとしきり笑って、カジタを見る。カジタは広げた膝の上に手を置いて頭を下げた。

「すみません。戦争なんて昔の事と言いましたが、俺もまだ戦争気分が抜けてないみたいです」

「お互い様だ」

そう言って俺はタイの平和を思う。

平和、平和か。今の状況は本当に平和なのか。元テロリストの自分ですら、それは人の悪い冗談に思えた。

思考の海に沈んでいく感覚。

魚が焼かれる前に、塩を掛けられる前に、漁師に釣り上げられる前に、海を泳いでいた頃のように。

記憶が巻き戻っていく。

ワシはそう……。

中国内戦

アラタって御仁がいる。

どこにでもいる日本人に見えて、その実誰よりも頭がおかしい人物だった。さらに世界にとっては運が悪い事に、そいつには軍事の才能があった。いや、軍事の才能だけがあった。
野心すら持ち合わせていないあいつは子供たちのこと以外、何も考えておらず、何も欲してはいなかった。あいつの主張は一個だけ、子供たちを喰わせたい、教育を与えたい。それだけ。早い段階でその要望を誰かが満たしてやれば、世界はこんな有様にはなってなかったろう。今も大戦争なんて起きてなかったかもしれない。

現実はどうか。

現実はアラタの手助けを誰もしなかった。それでやっこさんは自分の才能を生かして子供を喰わせることにした。つまり傭兵だ。

そして傭兵らしく、金さえ貰えればどこにでも味方し、誰とでも戦った。最初はアメリカの敵になり、中国犯罪組織の敵になり、ミャンマー政府軍の敵になり、イランや新しいほうの日本も敵に回した。酷い有様だ。そのどれにも勝ってるんだから、なお悪い。

最終的にはアラタの性格とその欲するところに気付いた古いほうの日本が、やっこさんを雇った。一〇〇億円だか掛かったらしいが、安すぎる金額だろう。自国が火の海になるよりはずっと安い。皆それに気付いてなかった。バカばっかりだった。

しかし、少しばかり遅かった。日本がアラタの大将を雇う前にちょっとばかし金をケチったせいで、ミャンマー軍事政権は崩壊。周辺各国から蚕食を受ける酷い有様になった。さらに軍事介入していた中国が散々に負けて、威信が地に落ちた。

国家の威信が地に落ちたらどうなるか。木の実と同じだ。潰れて四散した。ミャンマーに続いて中国まで分裂するはめになった。この分裂騒ぎで内戦が起きて、それで何人死んだかはいまだに統計が出ていない。直接の戦火では一〇〇〇万人も死んではいないだろうが、難民と食糧不足と犯罪は、その一〇倍か二〇倍の人々の命を奪ってなおも進行している。それが去年のことだ。

このタイだって中国軍が攻めてきてさらに一部がクーデターとえらいことになっている。被害は少ないと政府は言っているが、それを信じるほどめでたいヤツはこのタイにもいない。

思い出すだけでうんざりするような話だ。

これで平和って言うんだから、カジタも頭のネジが外れている。いや、ここ数ヵ月は平和と読み替えればいけるか。そうか。

戦争は次の戦争を生む。格言と言うほどのことではない。昔から言われている当たり前のことではある。

戦争が起きる理由は戦力の不均衡、これにつきる。戦争をやる動機は宗教や政治体制、経済的事情、酷いのになると痴話喧嘩（ちわげんか）に至るまで歴史上色々あるが、実際に戦争に進むとなると戦力の不均衡以外の理由がなくなる。

どんな宗教、思想の国でも戦力の不均衡が起きれば戦争は起こりうる。同じ宗教の国でもだ。それが歴史だ。

そして一つの戦争は戦力を消耗させ、次なる戦争を生む。既に東アジアから南アジアに至る膨大な範囲は戦争の連鎖に包まれている。

タイが落ち着いた後も戦争はドンドン飛び火している。いつになれば落ち着くのかは誰にも分からない。おそらくは、アラタにも。

ワシは氷の溶けたビールを飲んだ。味の薄さがやけに気になる。それでつまみとビールをもう少し買うことにした。

火事にしか見えないような炎をあげるフライパンで料理された空心菜の炒め物、海老の炭火焼き五〇〇gを買い求めた。去年まではこのあたりも中国人の観光客で一杯だったが、今は一人もいない。そもそも、旅行者なんかまずいない。中国人かと屋台の店主に語気鋭く尋ねられて、んなわけがないだろうと答えたら、にっこり笑われてカキのスープがついてきた。

この様子じゃ、中国人が歓迎されるまでに何年も掛かるだろう。去年までとの落差を噛みしめる。

席についてカキのスープをカジタに押しつける。カジタは嬉しそうにスープをすすって辛い酸っぱい甘いコクがあると、料理の感想を言った。大体のタイ料理がそうじゃないかと思うが、ワシは何も言わなかった。

「ところでカジタよ、日本の話はなんか聞いてるか」

「酷いらしいっすね。ここもそうですけど外国人観光客がいないとか」

「好き好んで東アジアに来る奴はおらんよなあ。他は聞いてないか」

「不景気らしいっす。部品がないとか」

かつてグローバリズムの名の下に生産拠点、流通、消費者は世界中にばらまかれ、それぞれがどの政府にも管理できないほど複雑なサプライチェーンを構築するに至った。

それが戦争でズタズタに断ち切られてしまった。

世界の工場としての中国、大消費地としての中国、それが戦争で世界から切り離されると、日本は大混乱に陥った。製造も販売もうまく行かず、再編成には数年は掛かるだろう。再編成に成功したからってこれまでどおりの輸出入ができるとは限らない。まったくたまらない話だった。

「紙も手に入らないとか言ってたな」

「またトイレットペーパーですか」

「それはもう終わって、今は本を作る紙が揃えられないとかなんとか。古紙すら高騰してるらしい」

「はー。日本も大変ですねえ。どうしてこうなった」

「そりゃ戦争だろうよ」

「そうなんですけどねー」

もっというと、アラタの大将が悪い。いや、戦って勝ってるだけだから、なんでもあの御仁に押しつけるのは良くないか。どうもこう、ワシらはなんでもアラタのせいにするところがある。カジタもそうだ。

氷で薄めたビールを一〇杯ほど飲み、スリランカアラックという蒸留酒を飲んだ。メコンというのもあるのだが、そっちは製造所が戦争で破壊されたとのこと。

うんざりしながら涅槃（ニルヴァーナ）と名付けたトレーニングセンターに帰ってきた。子供兵を作る場所だが運動場を見る限りは障害物の多い学校か何かにしか見えない。そもそもここでは射撃訓練もしていない。射撃訓練をするのは次の段階、キャンプ・ハキムへ進んでからだ。

入り口を守る守衛に軽く会釈（えしゃく）して入る。

夜中なので静かもいいところだが、人の気配はたくさんある。寝付けない子、親を思い出して泣きじゃくる子、色々だ。カジタ曰（いわ）くの平和になったのに、ここに来る子供たちは減らない。むしろ増えている。激増と言ってもいい。なぜ増えたか。戦争のせいに決まっている。

戦争で親が死んだのはもちろん、経済的困窮でこっちに置いていかれる子も多い。この調子じゃニルヴァーナが一杯になるのも時間の問題だ。

悪循環だよなあと思いつつ、ペットボトルのミネラルウォーターを飲む。手で口を拭いながら、どこかの誰かに心の中で語りかける。

知ってるかい。アラタは新しい子供たちのためにまた戦争するぜ。

戦争が戦争のなり手を育て、それを喰わせるためにうちの大将が仕事をする。この連鎖、どこまで続くか分かったもんじゃない。その果てを見てみたい気もするが、果ての先が人類滅亡じゃあ洒落（しゃれ）にならない。

頼むからアラタに戦う理由を与えてくれるな。あいつは戦いを望んだことは一度もないが、必要な戦いを避けたことも一度だってない。そして子供たちの生活費を稼ぐのは、必要な戦いだ。

ワシはそう思いながらベッドに倒れ込んだ。先に寝ていた内縁の妻が起きたのを感じる。

それで意識を手放した。

水分を摂（と）りすぎて夜中に何度もトイレに行き、翌日の目覚めは最低だった。酒が悪い、カジタが悪い。アラタが悪い。

何でも他人のせいにするのもいかがなものか。そのとおり。だが二日酔いの人間にその論法は通じない。水をたらふく飲んでふらつきながらトレーニングセンターを見て回る。これも仕事だ。まあ、迎え酒を飲まなければならんほど酷くはない。

子供たちが歩いている。

園長先生おはようございますと、挨拶される。ワシのことだ。園長とはなんとも違和感を覚えるが、他に適当な呼び名もないのでそのようにしている。

挨拶をし、子供たちが寝所を兼ねた教室で勉強するのを窓の外から眺める。今の戦争はアホではできない。銃の使い方を知っているだけでも意味がない。無線が使えないからと携帯電話を使って位置を特定されて攻撃されるなんてことがあってはならないし、ＳＮＳで略奪しているところを拡散すればスポンサーがいなくなってしまう。

まあ、そんなことがなくてもアラタは子供たちに教育を与えるだろう。それこそが目的だからだ。

教育が子供たちを助ける。

信心も哲学もないアラタの大将が持つ唯一の信念がそれだ。そのためなら世界中が火の海になってもやっこさんは眉一つ動かさず、大変ですねえと言ってのけるだろう。そして次の瞬間にはなにもかも忘れて別の事を口にしているに違いない。どの子がどの野菜が嫌いだとか、そういう話題こそ、ヤツにとっては重要なんだろう。

世界も大変だな。あんな戦争に興味のないヤツを相手に戦争するなんざ。その部下をやってるワシの感想としては不適切だろうが。

ペットボトルの水を飲む。タイではビニール袋で飲み物を提供するところも多いが、これは日本の支援で貰った水だ。そのためなじみ深い容れ物に入っている。もっとも容れ物が変なせいかあまり需要はなく、ワシがもっぱら酔い覚ましに飲んでいるのだが。

休み時間か。チャイムとともに、子供たちが外に飛び出してくる。日本風なのかこれが世界標準なのか分からないが、授業と授業の間には休み時間がある。

お酒飲んでるーと子供たちに言われて、そんなわけないだろうがと、しかりつけてペットボトルを渡した。二月とはいえ、最高気温は二八度。運動すると水分不足になる。水だ、と言いながら子供たちが走っていく。元気な事はいいことだ。

苦笑しながら手近な演説台に座り込んで、外で遊ぶ子供たちを見る。早ければ半年、長くて数年で戦場に送られると思うとなんとも言えない気分になる。仏にもすがらず、こういう仕組みを作って良心の痛みも感じていないように見えるアラタの大将はやはり凄い。ワシは最近心が苦しい。子供たちの笑顔を見ると、特にそう感じる。

子供たちの様子に目を奪われて、動きを忘れていたら、内縁の妻……メラニーが背後から寄ってくるのを感じた。

「どうした？」

「驚いたわ。後ろに目があるように振る舞うのね」

「今更か」

ワシが笑って振り向くと、メラニーは頬の皺を深くした。彼女はワシの過去を知らない。とはいえアラタが連れてきたのだから、傭兵関係者だとは思っているだろう。

……それでも、ワシは普通の人間に見えるのか。あるいはそういう風にメラニーが見たいのかもしれない。

「何かあったかな」

普段がそうであるように、努めて物静かに尋ねた。激しいのはセックスのときだけで十分だ。

「ミスター・アラタから連絡が来たわ」

「怪我人でもでたか？」

「いいえ。最近は平和だから。そんな連絡はないわね」

ここでも平和か。まあいい。ワシは言葉の続きを促した。メラニーは頷いて言葉を続ける。

「少し時間が空いたから、こちらに来るって」

「そうか」

なにかにつけて子供たちを気に掛けるアラタのこと、こっちにも度々やってくる。

「何か準備したほうがいいかしら」

「いらんよ。あいつは、そういうのは好かんし、作られた子供たちの笑顔には酷く敏感だ」

そんなものを見せられたらすぐにもへそを曲げるに違いない。あれは悪いことは悪いと直視しないと始まらない人種だ。普通の人間のように、知らんぷりすることはできないだろう。

「そう、そうよね。それにしても久しぶり、よね？」

「そう言われればそうか？　三ヵ月ぶりくらいか」

「機嫌が悪くないといいけれど」

「やつの機嫌が悪いときは、要するに子供たちが死んでいるときだ。そしてその怒りはまず自分に向かう。周囲の人間に向かったことは一度もない」

裏返しに言えば、アラタは他人に頼るということをあの年齢になってもよく分かってない。いや、本人としては頼るところは頼ってるつもりなんだろう。足りていないが。

ワシはメラニーを安心させるために笑った。メラニーからすればアラタは傭兵、子供使いであり、子供たちをたくさん救った大英雄でもある。それも嘘（うそ）ではない。世界の状況に目をやらなければ。

「機嫌については大丈夫だろう。やつが不機嫌になるようなこと、すなわちすぐに戦争が起きるということもないはずだ」

たぶん、という言葉は飲みこんでそう言った。そうか、アラタが来るか。平和になっているからこそできる芸当と言えなくもない。あるいはドローンで片付く状況になったか。

この数年、子供使いとして名を馳せていたアラタだが、時代は変わった。日本製の軍事ドローンが導入され、戦場における子供たちの活躍の機会は少なくなった。まめたんという名前の軍事ドローンはそんなに高性能のものでもないはずだが、それを言うなら子供たちも同じ。アラタが指揮をするならどっちも同じくらいに活躍できた。

これはアラタが積極的に子供たちへの被害を減らそうとしたことも大きい。ドローンが壊れても心は痛まない、とも言っていた。これについてだけ言えば、まったくそのとおりだと思う。

今の状況ではドローン七、子供たち三、それくらいの運用だ。戦況が落ち着いてきたこともあり、アラタは全部をドローンにしたい意向だが、実際にはうまく行っていない。

国境警備や治安活動ではドローンはまだまだちゃんと仕事ができない。人間が必要だ。この場合は子供たちが。

とはいえ、このままいけば子供たちの出番は減っていくだろう。そうなればアラタは子供使いから、ただの子供好きになる。そうなれば良いと思うが、問題はそれまでに何ヵ国が滅ぶかだ。アラタは冗談でしょうとか真顔で聞いてくると思うが、あの男には既に前科が二つもある。

やれやれ。

ワシにとっては雇い主くらいのもんだが、子供たちを大勢喰わせているという点、また軍事的な価値から言えばアラタは立派なＶＩＰだ。ここのところの活躍から命を狙われやすいのもある。中国と揉めたあとならなおさらだ。今なら中国の殺害リストの一番上はあの大将で間違いないはず。毛のない自分の頭を叩く。

こっちでも一応警護要員を増やしておくか。テロの可能性だってあるしな。

思いついたのはカジタだった。やつなら護衛に最適だ。なんならゴジラからでも守れるんじゃないか。気のせいか。

まあいい。それで、昨日の今日でカジタに連絡を取ることにした。

携帯電話はいまだに慣れない。お、繋がった。

「忘れ物でもしたんですか、シュワさん」

「そういうわけでもないが、近いかもな。どうだ、カジタ、今暇なら護衛の仕事でもせんか」

「ソフィさんですか」

「いやアラタだ」

しばらくの沈黙。

「あいつを守る必要なんてあるんですか」

「そう言うな。一万人だかの子供たちの食費を稼いでる立派な親だ」

「そんなことより自分の女を幸せにしてやれってやつですよ」

「やるのかやらんのか」

「やりますが、あいつに直接文句を言わせてください」

「分かった分かった」

電話を切る。これで懸案は片付いた。他にやることはあるか。それとも警備をもう少し増やすか。あまり目立ってもしょうがないし、向こうも腕利きの子供たちを連れてくるとは思うが。

まあ、狙撃対策でこの付近の狙撃点になりそうなところだけは先に押さえておくか。

本当のところを言えば、移動経路で狙撃点になりそうなところは全て押さえておきたいが、アラタは自分の移動経路を基本的に人に話さない。直前に変更することもよくある。そのおかげで生き残っている部分もあるから、ワシもあえては問い合わせをしないようにしていた。

平和、平和ねえ。

少なくともあの男に限っては、平和なんてないようなものだ。本人に自覚があるかどうかは知らないが、影響力が大きすぎる。


事務所に引っ込んで警備体制を見直していると、カジタがやってきた。銃を入れているであろう楽器ケースがよく似合う。ロックかパンクか知らないが、そういうのだと言われても違和感がない。

「今日からしばらく世話になります」

「おお、頼む」

ワシの言葉にカジタは頷くと楽器ケースから銃を取り出した。ＭＰ５サブマシンガンだった。最近歩兵用防具も進歩してサブマシンガンでも戦闘力を奪うのは難しくなったが、ここはタイだ。暑いので防弾ジャケットを着る者も少なく、絶対ダメだと言うほどダメな武器ではない。

「うちにはＭＰ７もあるぞ、使うか」

「試射とか慣れるまでに時間が掛かりそうなんで、今回はこれでいきますよ」

カジタの意見は間違ってない。ワシは頷いた。

「そうだな。それが良いだろう。ところでそんなもの、どこで手に入れたんだ」

「あの男とつきあいのある金髪の兄ちゃんが売ってくれたんですよ。余ってるからって」

ロイ・ケイマンか。商人の名前を思い出しつつ、ＭＰ５を見る。かなり使い込んでる感じで中古なのは間違いない。防弾ジャケットの普及で使い道が減ってるから、どこかの公的機関が放出したのかもしれない。

そういえばロイがＧ36をどうですかとこっちに持ってきていたことを思い出した。使ってみたら欠陥が多すぎてさすがに断ったが。あの銃を使っていたドイツ連邦軍はさぞかし精鋭に違いない。あれでまともに戦うってんだからきっとそうだ。

頭を振って散漫になっていた考えを戻す。

さしあたってカジタに狙撃点パトロールをやらせることにした。地図に印をつけて渡す。カジタは眼鏡型のＩイルミネーターを装備すると戦術ネットワークに情報を上げだした。

「日本が見てるぞ。カジタ」

「あの男ならそれだって逆利用しますよ」

「まあそうかもな」

アラタをあの男としか呼ばないカジタだが、能力は誰よりも高く買っているようではある。珍しいことだ。

空前絶後の戦果をあげておきながら、アラタという人物は、同性の競争意識をどこか刺激するところがある。普段の言動の間抜けさから、あれくらいなら自分でもと、つい思ってしまうらしい。その競争意識で死んだヤツを、ワシは何人か知っている。カジタがそうならないのなら、嬉しい限りだ。

「んじゃ見回りに行ってきます」

カジタの言葉に我に返る。見送ってワシは頭を掻いた。ワシはワシの仕事をすべきだろう。アラタがいつ来ようと、それを理由に普段の仕事を止められるほど暇でもない。

子供の泣き声を聞いて事務所を出ると、乳飲み子を抱えた少女がいた。

「どうしたガクジュ」

「園長先生、この子拾ったの」

ガクジュというたぶん中国人の子は、そう言った。拾ったと言われても、と思いはするが、このニルヴァーナはタイ国内だけでなく周辺国からすら、子供を捨てる場所と認識されているきらいがある。おまえたちの捨てた子はいつか銃を持って、負債を取り返すぞと思わなくもないが、アラタが際限なく引き受けるので致し方ない。

「偉いな。ガクジュは」

そう言ったら、彼女は恥ずかしそうにはにかんだ。

「ありがとう園長先生」

赤ん坊を受け取って、あやしながら遠い昔を思い出す。小さい子供を抱くだけで、昔なら悲しみと怒りで動けなくなっていたろうに、最近では無意識に子供をあやして、事務スタッフたちに引き渡すまでやれている。どんな痛みにも人は慣れてしまうのだろう。さもなきゃワシが薄情なのか。二〇年かそこらで怒りを忘れるか。ええ？　どうなんだ、シュワよ。

「これで乳幼児は今月八人目です」

事務スタッフが人手が足りないと言い出した。ベビーシッターを一人雇うか。やれやれ。この調子だとアラタが新しい仕事を、すなわち戦争をおっぱじめるのも時間の問題という気がしてくる。世間が悪くなり、親が子を捨て始めるとアラタが現れて世界を破壊し始める。仏教説話としてはよさそうだが、現実で起きるとなると問題だ。

長いため息をついていたら、窓の向こうから袋が歩いてくるのが見えた。正確には袋を抱えた男だな。

脚の長さからしてアラタか。

ワシは事務所から出て男のところへ向かった。やはりアラタだった。顔が隠れるほど大きな袋を持って、季節外れのサンタクロースみたいな真似をしている。具体的には、子供たちにお菓子を配っている。

「アラタよ、子供たち全員に行き渡らんくらいならお菓子を配るのはやめてくれ」

「あ、シュワさん。大丈夫ですよ。トラックで運んできましたから」

アラタは良い笑顔で言った。それがアラタという男だった。ワシは思わず苦笑した。先ほど考えていたあれそれが、急に大げさでくだらない考えに思えてくる。

「そうか、なら授業を中断してお菓子を配ろう」

「お邪魔してすみません」

「いや、子供が喜ぶ」

そう言ったら、アラタは酷く嬉しそうな顔をした。アラタという男は、そういう男だ。

スタッフ全員で手伝って一時間ほどで行き渡らせた。アラタは自分の誕生日が来たような様子で、実に楽しそうな顔をしている。本当は毎日こういうことをしていたいんだろう。その様子を見るうちに、こいつはずっと子供好きだったのか、それとも何かきっかけがあったのか、そういうことが気になった。

まあ、聞いてみるか。

「ところで一つ聞いてもいいか」

「なんでしょう」

子供たちの勉強を見ると言って子供たちに逃げられたがっかり顔を改めて、アラタは言った。

「子供が好きになったのはいつ頃だ？」

「この業界に入ってからすぐですよ」

「そうだったのか」

「そうなんですよ。いやー。自分でもびっくりです。好き嫌い以前に興味がなかったんですよね。まあでも……」

アラタはそこで言葉を切ってここではない遠くを見た。

「これはたぶんなんですが、関わりがなかっただけで、本当は子供が大好きだったんでしょうね。僕は自分が好きなことを、ずっと気付かずに生きてきてたんです」

「今は満足か」

「まさか。最悪ですよ。子供たちに銃を撃たせて幸せな気分になれる親なんかいない」

アラタは静かに言った。国を二つも潰した男が言うと凄みがある。

「そうか。そうだな」

アラタという人物の本質は、本人が言ったとおりなのだろう。どこか間の抜けているところが、いかにも〝らしい〟。

鳥がなぜ鳥なのか尋ねるのは無益なことだ。それで話題を変えた。

「それで、ここに来た用件だが、なんだ。何があった」

「子供たちにお菓子を配ろうと思って」

「それだけか」

「それだけかって。これでも買うのに苦労したんですよ。お菓子の生産がどこも滞ってて」

まさかと思ったが、戦争の中心にいたアラタが一番平和を満喫していた。なんとも言えない気分になる。

「そうか。すまん。カジタもワシも、戦争気分を切り替えるべきか。無粋なことを聞いた」

「いえいえ」

少し考えて、アラタの方を向き直した。

「いいのかそれで」

「はいー?」

アラタは心底驚いた風。ワシから詰められるとは夢にも思っていなそう。

「ここにいる子供たちだけで何人いると思っているんだ」

「お菓子代くらいなら」

「そうじゃない。一年二年先の金のことだ」

「日本政府からお金が出てますし、他国も協力してくれるんで、すぐには財政は悪くなりませんよ」

「そう言いながらミャンマー政府に裏切られたろうが」

「そうですね。その節はご負担を掛けました」

「いや、謝ってほしいわけではなくてな」

「分かってますよ。もちろん」

そうですねと、アラタはまたここではない遠くを見た後、ぽつぽつと喋り始めた。

「日本がすぐに裏切るとは思っていません。ミャンマーで僕が軍閥化して麻薬の栽培でも始めたら、とても困るでしょうから」

「お前さんはそんなことしないだろう」

「もちろんです。ただまあ、僕からお金を踏み倒そうという人たちは、みんな想像力が豊かなんで」

「なるほど。今の状況ではアラタを裏切ろうとする者はアラタが麻薬王になる悪夢で動けず、そもそもアラタを知っていれば、裏切るわけもないと」

「はい」

アラタは柔らかく微笑んでいる。今で満足だと、目で語っている。

「そりゃそうか。しかし、全てのことには終わりが来る」

「そうですね。もちろんそのことも考えていますよ。僕が欲しかったのは時間で、今それがある」

「その時間を何にするんだ」

「戦争以外の商売を探しますよ。子供たちができるやつをね」

ワシは大いに頷いた。今頷かなければ、いつ頷くのか、そういう勢いだ。

「それがいい」

なぜかアラタのほうが驚いた。

「意外ですね。てっきりシュワさんだけは反対するかと」

「ワシをなんだと思っている。お前さんのせいですっかり牙を抜かれとるよ」

「牙、ですか」

「最近子供が可愛い」

「なるほど。そういう無力化はいいなあ」

アラタはそう言って微笑んだ。やつは世界中の敵が子供好きになることを想像したようだ。すぐに目を伏せたが。

「カレー屋にするかどうかはともかく、いや、子供が多いんだから色んな仕事をしないといけないですよね。それでまあ、今回来たのもその準備です」

「そうか。何でも言ってくれ、全力で手伝おう」

「ありがとうございます」

アラタは頭を下げて笑っている。これだけを見て、やつの戦果を想像することは誰にもできんだろう。なんともこう、見た目と中身が合わない男だ。格好だけで言えばサッカーの監督かなにかにしか見えないのだが。

アラタは顔をあげて微笑んでいる。

「ということで、子供たちができそうな商売って何かありませんかねえ」

「難題だぞ。子供たちを働かせたら、それだけで犯罪だからな。働かなければ死ぬとしてもだ」

「そうなんですよ。いっそ国の枠組みとか壊したほうがいいのかな」

ワシが黙っていると、アラタはもちろん冗談ですよと言った。ヤツの場合、ちっとも冗談に聞こえない。

「ミャンマーに工場を作るのはどうだ。それで作った物を、タイで売る」

「いいですね。問題は何を作るかですよねえ。ミャンマーにも工場は多いんですけど、とにかく工賃が安くて。子供ならなおさらになりそうです」

「そうなるよな。そもそもミャンマーで今まともな産業は動いているのか」

「治安については中国よりはずっと良いつもりですが……」

「うちの支配地域じゃなくて、ミャンマー全体だ」

「それなら酷い有様ですね。発電所も動いてないみたいで、まめたんの発電ステーションが大活躍しています。あれ、災害支援のためか、普通の電源口もいるので」

「ミャンマー全体としては一〇〇年前に逆戻りか？」

「いや、元々よく停電していたんでそれほど後退したわけでは。とはいえ、不便だと嘆く人が多いのも事実です」

「電力がなければまともな工場も動くまい。見方を変えれば、賃金の面から周辺国で一番安いものを作る工場がなくなったわけだ」

「そうですねえ。ああ、なるほど。発電所を運営してもいいなあ」

アラタはそんなことを言い出した。様子を見るとどうも本気で考えている様子。メモまで書いている。

「ありがとうございます。シュワさん」

「本気か」

「一応何でも試算だけはしてみようと思って。発電所が動かない原因が治安の悪さや野盗によるものなら、僕のほうでどうにかできるでしょうし」

「なるほど」

発電所の管理運営はともかく、その護衛ならあるいはいけるかもというわけだ。思いのほか本気で脱軍事を考えているようで、少しほっとした。世界とアラタの共存ができそうだ。

「ところでアラタよ」

「なんでしょう」

「そういえば護衛はどうした?」

「今日はジブリールを連れてきていますよ」

「一人だけか」

「ええ。まあ、最近他の子を連れていったりするとなぜか怒るんです」

なぜかじゃないだろうと思ったが、女の趣味についてとやかく言うのは憚(はばか)られた。そもそも自分には、人に説教する道理がない。それで、別の方面で説教することにした。

「それにしたって一人の護衛では心許ない。お前さんを逆恨みするやつは、お前さんが思うより、はるかに多いはずだ」

「悪いことをしている自覚はありますんで、言葉を選ばなくても大丈夫ですよ。ただまあ、公的には僕は死人なんで」

「死を偽装していることは知っている。とはいえだ。事が起きてからでは困る。護衛は増強させて貰うぞ」

ワシがそう言うと、アラタは頭を下げた。

「分かりました。でもこっちに戦争ができそうな人材いるんですか」

「カジタがいる」

「彼は元気なんですか。実はソフィが会いたがってまして」

「そういうことは直接会って言ってやれ」

「はい」

周囲を見渡す。

「それで、嬢ちゃんはどうした」

「ここは安全でしょうから、イブンを見舞いに行きました」

「イブン……あー」

脚を折ったかなにかで後送されてきた子だ。確か一番の古株の一人とか。

「脚の調子は戻ったと医者も太鼓判を押していたが、前線に戻れないと愚痴っていたぞ」

「ああ。勉強の成績が一定以上にならないと戻さないと言いつけていまして」

普通逆のような……成績が悪いと前線送りにしそうなものだが、古株とアラタの仲は単純ではない。女性関係と同じで親子の関係というやつか、口を出すのも憚られる。まあ、勉強をすることは悪いことではない。アラタが戦争を望んでないなら、なおのことだ。

アラタはこの件で一切イブンの言うことを聞くつもりがないようだ。心の中でイブンよ頑張れと思う。

ともあれ、予想以上に警護が心許ないので警備計画を練り直さないといけない。警備対象が到着してから警備計画を練り直すなんざ泥縄(どろなわ)も良いところだが、何もしないわけにもいかない。

アラタは勉強するぞーと言って子供たちを追いかけて、そのまま追いかけっこを始めている。小さい子供たちは実に嬉しそうに逃げ回る。やれやれ。年上の子はその様子を見て微笑ましそうにしていたり、自分には関係ないとそっぽを向いたり、色々だ。

いずれにせよ、アラタが来ると騒がしくなる。それはまあ、いいことだろう。

ワシはワシの仕事をしようと立ち上がった。アラタの大将が戦争以外をやる気になっている今がチャンスだ。

あいつが戦争で金を稼がないでもいいように、子供たちが戦争をせんでいいように。世界が壊れないように、ワシも微力ながら何かするとしよう。商売……商売か。

内縁の妻であるメラニーに、アラタと話したことを伝える。子供たちを保護するＮＧＯを経営していたメラニーは、満面の笑みでアラタの模索を歓迎した。

「素敵な話ね」

「そうだな。絵に描いた餅にならないようにしないと」

「餅って食べ物よね？」

「あー。日本の慣用句だ。計画倒れにならないように、という意味だ」

「なるほど。日本人は不思議な表現を使うのね」

「そうかもしれんな」

夫婦円満の秘訣は相手を否定しないことだ。ともかくアラタの考えを伝えると、メラニーは知り合いにも連絡を取って商売の策を考えるという。

「フェアトレードとかで農産物を作るとか、いいかもしれないわね」

そんなことを言っている。フェアトレードが何かはしらんが、戦争をしないでいいならそれに越したことはない。アラタが武器を置く。それはとても良いことに思えた。

もとより戦う事に子供の生活費以外のどんな意味も見いださない男だ。喰うに困らない稼ぎがあれば、平和に暮らすだろう。世界にとって、あるいは一個人として、心から良い話ではある。

良い気分になっていたら、肌の浅黒い少年が泣きながら文句を言いに来た。話題に出ていたイブンだ。ジブリールの嬢ちゃんとは一緒ではないらしい。

「どうした？」

「僕をここから出してください。もう戦えます！」

「それについては伝えてあるとおりだ。勉強の成績次第だと」

「僕ほど狙撃がうまい人もいません！」

「そうかもしれんな。とはいえ、いつまでも戦争があると思うな」

そう言うと、イブンはワシを睨んだ。八つ当たりとはこれだな。英語ではなんというんだっけか。

「数学は良い成績です」

今度は作戦を変えてきたか。ワシは頷いて見せる。

「後はそれ以外だな。七教科」

「多すぎると言っているんです！　このままでは一〇年掛かります」

「そうか。まあ頑張れよ」

そう言ったらしがみつかれた。引きずって数歩歩き、振り返る。イブンは鼻から鼻水が出そうな勢いで必死だ。

部隊の長兄と言われる男がこうまで取り乱すとは、やれやれ。

「こうしている時間も勉強すれば少しはマシになるかもしれんぞ」

「不可能なことを要求されても不可能なんです！　可能なことならやれます！」

なるほど、つまりイブンは交渉に来た、というわけだ。情けを乞いに来たわけではなく、自分でもできる範囲にしろと言いに来たのだろう。そこが、単に駄々をこねる子供とは違う。まあ、大体おんなじだが。

「そうだな……」

「英語と数学ならいけます」

「あと六教科だな」

「そうじゃない！」

「熱くなりなさんな。父親から教わらなかったか」

「僕の父はアラタです」

「そのアラタからだよ」

歯を食いしばる音が聞こえそう。

「父は、まず交渉をすべきだと言いました」

イブンは声を押し殺すように言った。悔しいと言うよりも、これが交渉であるという意図を汲み取られるのを嫌がるようだった。

「そうか。しかし歴史とインターネットとプログラミングと簿記と物理と哲学は必須だ」

「それの何が役に立つんですか！」

「役に立たんことをお前の父が息子に教えるか。あれは子供のこと以外については徹底した合理主義者だぞ」

「そうかもしれませんが……」

「まあ、物事を途中で投げ出すヤツだったと報告していいのなら……」

「やめてください」

「そうだよな」

イブンは実に悔しそう。ワシは片目を開けてイブンの様子を見た後、助け船を出してやるかという気になった。凹(へこ)ませるのが目的ではない。

「とはいえ、今アラタの護衛が手薄になっている。数日くらいならその任務につけてもいい」

「短すぎます。「その二つが重要だ。歴史と哲学以外はいけるんです。免除してください」

「その二つが重要だ。歴史を知らねば交渉に支障が出る。哲学がなければ己の正しさもよく分からなくなる。多くの人間を率いる者は、多くの考え方を知ってないといかん」

イブンはひとしきり悔しがった後、護衛の仕事を受け負っただけで引き下がった。根は真面目なのだから、息抜きしたらちゃんと勉強をするだろう。

しばらくすると、今度はジブリールが怒りながら走ってきた。アラタがいると周囲が慌ただしくなる。まるでアラタは物語の主人公だな。

「イブンには勉強をさせるべきです」

ジブリールは自分の事を棚に上げてそう言った。

「そうはいうが嬢ちゃんの成績もマズいらしいじゃないか」

「私はいいのです」

話によれば、ジブリールは元々いいところの姫君だという。確かにそうなのかもしれない。この態度の高慢さは姫君と言われれば納得する。まあ、出自に納得するだけで、その行動に納得はないのだが。

「自分を特別扱いする人間はアラタに好かれないと思うぞ」

そう言ったら、憎しみの目で見られた。こういうところはイブンとよく似ている。さすが同じ部族なだけはある。

「私はいいのです。女ですから」

「そういう言い方はアラタが一番嫌うぞ」

「アラタは分かっていないのです。私が一番正しいことを」

「ほうほう。一応説明を聞いてみようか」

「日本は少子化といって子供不足に困っていると聞きました」

「うん、そこまでは合っている」

「少子化の理由は結婚年齢が遅いことにあります」

「ふむふむ」

「だから勉強するのが良くないのです」

タリバン理論というか、アフガニスタンの田舎ではよく見られる論法だった。ジブリールはアフガニスタンの隣国で生まれたと言うから、その理論も聞いていたのだろう。あるいはジブリールもそういう理屈の一族にいたのかもしれない。

どうでしょうかと、鼻息荒くジブリールは言っている。他人の考えをそのまま鵜呑みにするのはガキだ子供だと思うが、実際子供だから仕方ない。それに、年齢だけ大人というのも一杯いる。

ワシは若い僧侶とやりとりしている気分で話すことにした。問答というやつだ。

「重要な観点が二つ抜けている。一つ目に、親としてのアラタは子供に色々な可能性を与えたい。親になるしかない、という道をあいつが許すと思うか」

ワシが言うと、ジブリールは困った顔をした。

「それは……でも」

「もう一つ。アラタの趣味だ。アラタは学歴の高い女が好きだ」

「本当ですか！」

「なんだ、知らんかったのか。ホリーなんてその良い例だろう。ソフィア嬢ちゃんもそうだな。どちらも大学出だぞ」

ジブリールの嬢ちゃんは判断基準をアラタ中心に置いているから、アラタがどう思うかという攻め方をするだけで簡単に落ちる。まさにそういう単純化した価値観故の陥穽を避けるためにアラタが教育を与えようとしているのだが、そこがなかなか伝わらない。

ジブリールは唇を噛んだ。

「無学な女は娘にも妻にもしないと？」

「そこまでは分からんが、少しでも勉強してみて反応を見たらどうだ」

ワシがそう言うと、ジブリールは目に涙を浮かべてアラタのところへ突撃していった。文句を言いに行くらしい。そこは提案どおりに勉強をしてほしかったのだが、まあ、仕方ない。

勉強の重要性を知るのは大体手遅れになってからだ。だからといって警告しないのも大人として問題がある。

勉強してほしいものだと思っていたら、半泣きのアラタが走ってきた。お笑いだったらこれがオチだな。

「何かあったか」

「なにかあったもなにも」

アラタは汗で張り付いた前髪を指で払いながら険しい顔をした。

「イブンとジブリールが半泣きで文句を言いに来ました」

「勉強をしたくないというやつだな」

「え、そうなんですか。僕が薄情とかそういう話に聞こえましたが」

「そういう話ではないな。そもそもアラタよ。お前は子供たちに甘すぎる」

「これ以上ないほど厳しいと思いますが。なにせ僕のあだ名は厳父ですよ」

「勉強を嫌がる子供をなんだかんだで許しているだろう」

「あー。いや、それは僕も覚えがありまして」

「勉強しろという大人の大部分は勉強をサボった覚えがある。その上で勉強しろと言っているのだ」

「そりゃそうなんですが」

アラタは一転、困った顔になった。地図を見て何千人も殺すようなオペレーションをやる人間だが、私生活になると全然変わってくる。

「参ったな。ジブリールは大学と結婚したいならすればいいと言って拗ねちゃうし、イブンは歴史ではなくて神学を見てくださいとか言い出すし」

「いちいち気にするな」

「シュワさん、そうは言ってもですね……」

「あいつらが無学なまま社会に出たら、あっという間に世間の食い物にされるぞ。親としてそれでいいのか」

「そうなんですよね」

「人によっては勉強以外で身を立てることも、金を稼ぐこともできるだろう。才能があればな。ワシも特大のヤツを一人知っている。だが、ワシを含めて大抵は〝それ以外〟なんだ」

「はい……ちなみに特大の才能のある人って誰です?」

ダメだこりゃ。

新事業

翌日起きるとワシの机の前に厚さ四cmくらいの紙の束があった。

「これは？」

「新事業になりそうなもの」

メラニーがワシらの子に頬ずりしながら、そんなことを言っている。ワシは手元の紙とメラニーを交互に見た。

「随分と集まったな。これは全部手書きか？」

「ええ。一枚あたりの文字数は少ないから、安心して」

「それにしても大変だったな」

「そう、大変なのよ。プリンターが使えれば良かったんだけど」

気にもしていなかったが、最近、プリンターのトナーがないらしい。トナーに正規品以外の使用を阻む電子回路が入手困難らしい。メーカーも正規品以外が使えるよう改良したなどと言っているが、今度はトナーそのものの原材料が手に入らなくなったと言っていた。いつになれば改善するのかは、メーカーを含めて誰も分からないらしい。

それで、手書きの復活だ。幸いうちには教育用に筆記具と紙はたくさんある。

ワシが見てもよく分からんので、紙の束のまま、アラタに渡すことにした。アラタは子供たちと一緒に教室で寝ていたらしい。とても幸せそうな顔で歩いていた。

「大将、これだ」

「なんでしょう？」

「手書きで悪いが商売の種だ。ワシ以外の皆で集めた」

「おお。ありがとうございます。プリンターが壊れたんですか」

「そもそもトナーがな。何か使えるものがあればいいが」

「どうでしょうね。でも、こうやって子供たちのために頑張ってくれたのはとても嬉しいです」

「選り分けとかで手伝えることもあるだろうから、ワシらを遠慮なく使ってくれ。戦争以外の商売はぜひしたい」

「はい。一緒に頑張りましょう」

それでアラタは提案書を片手にスマホを駆使して資料を調べ始めた。恐るべき集中力で突然置物か何かになったかのようだった。食事もしないような気配なので、肩を揺らして呼び戻す。それが、二回あった。つまり一日中アラタは資料に取り組んでいたことになる。

「たいしたものというかなんというか。健康が心配だぞ」

「あー。ホリーによく怒られます」

「そうなら、怒られたことまで忘れるな。そう思うと、意外に自制できる」

「仏教かなにかですか」

「ワシにも家族がいたってことだ」

アラタは何かを察したのか頭を下げると、話題を変えるように陽気な顔をした。

「それでですね、資料を見てて思ったんですが、意外な共通点があってですね」

「ほう。軽く見た感じでは割と色々な方面の事業が書いてあったはずだが」

「はい。それらの多くに鉄が使われていました」

ワシは何を言っているんだという顔をした。アラタが笑っている。

「変に聞こえるかもしれませんが……」

「いやいや、現代の産業で鉄が重要なのは分かっている。とはいえ、鉄が足りてないとか聞いたことがないぞ」

「はい。僕もそう思っていましたが、一応調べたんですよ」

そういう言い方をした、ということは、意外に鉄の需要がある、ということだろうか。

「こちらが鉄の現在価格です」

「変わってないじゃないか」

「そうなんですよ」

嬉しそうにアラタは言った。

「謎かけのつもりか?」

「いえ。そんなつもりはないんですが、すみません。見たまんまなんですよ。値上がりも値下がりもしていないようです」

「ふーむ？　どういうことだ。ドンパチでいうとどんな感じだ」

「敵味方が撃ち合ってお互いが身動きできない感じですねえ」

「なるほど。値下がり要因もあるが値上がり要因もある。それで拮抗（きっこう）している、というわけだな」

「ええ。そうなんです」

アラタは楽しそうに口を開く。

「この拮抗した状況、片方に力を貸したら儲けられそうだなって」

「銃弾を撃ち込めば鉄が値上がりするとか、そういう話があるのか？」

「銃弾である必要はないですけど、そうですね」

「ふーむ。具体的にはどうするんだ？」

「鉄が値上がりしない理由はですね。需要が低迷しているんです。だから鉄を使うような事業を保護すればいい」

「さっき鉄を使う事業は色々あると言ってたろう」

「はい。そうです。言い換えると地域を安定させればいいのかなあって」

ワシはアラタがどこまで本気で言っているのか測りかねた。

「安全と保護で需要を作る、ということか」

「ええ。そうです。すると生産活動が回復すると思います。簡単なことですね」

なんでこんな良いアイデアを思いつかなかったんだろうと、アラタはずれたことを言っている。

色んな国の首脳がそれを考えているが、うまく行ってないのが今の状況だろう、いうのはやめにした。アラタの悪いところは自分ができることは誰でもできると思うことにある。

ワシはため息。確認する。

「昔、イトウの嬢ちゃんが言ってた、アラタランドをやるってことか」

「国家樹立なんか面倒臭くてしませんよ。僕は、養育費さえ稼げればいいんですから。勝手に治安維持をするんで、どうぞご利用くださいな感じです」

「国家と自衛能力を切り離すような話だな」

「そんな小難しい話でもないですよ。まあでも企業の生産活動が回復すれば鉄の需要は回復するし、値上がりもすると思います。そこで鉄を売ればそこそこ儲かるというわけです」

言っていることに無理はない。というか、アラタも言うとおり、当たり前のことだ。平和が生産活動を生み、生産活動が富を生む。にもかかわらず、なんだって戦争しようと思うのだろうな。戦争で儲けていた時代は一〇〇年前にだってなかったろうに。

とはいえ。

「いや待て、アラタよ。どこで鉄を仕入れるつもりだ。中国はあのザマだし、インドか?」

「いえ、バングラデシュです。チッタゴンというところに船の墓場があるみたいで、その船がくず鉄になるみたいなんですよ」

「まあ、ミャンマーで使おうとしている鉄は、用途からしてあまり高品質でなくても良さそうだから、いけそうではあるが……」

安くも手に入るし、元手が掛からないのはいい話だろう。

とはいえミャンマーの隣国、バングラデシュはミャンマー西部に出兵して占領している。アラタと接触して、それがどうなるのかは予想もつかない。アラタを倒せばミャンマー全てを支配できるとか思う可能性もなくはない。

まあ、そうなれば戦争になってもうちの大将なら勝ってしまうだろうし、いいのか。

本当にいいのか？　よく考えろ。ワシは世界戦争の引鉄を引いているのかもしれん。

「バングラデシュとどう話をつけるんだ」

「いえ、特には。僕は死んでいる設定ですし」

「話をつけるべきだ。さもないとバングラデシュが滅びるぞ」

「心配する先を間違ってませんか」

「残念ながら間違ってはおらん」

「そ、そうですか。何がなにやらという気はしますが、分かりました」

「お前さんは簡単に国を滅ぼしそうだから、気をつけるべきだ」

「僕は国を滅ぼそうなんて思ったことは一度もありませんよ」

「降ってきた火の粉を払うことはするだろう」

「そりゃ火の粉ですからね」

「それで国が滅ぶ。ミャンマーも中国も滅んだ」

「僕のせいじゃないと思いますが……まあ、分かりました。話をつけますよ。バングラデシュにだって悪い話じゃない」

「そうだな」

バングラデシュに感謝して貰おうとは思わんが、アラタがこれ以上国家滅亡の罪を負うのが避けられたのは喜ばしい。世界戦争が遠のいたなら重畳だ。ワシがやれやれと思っているとアラタは話題を変えてきた。

「ところでの話なんですが、バングラデシュの誰と話をすればいいと思います？」

「ワシには見当もつかんよ。とはいえ、そうだな。イトウの嬢ちゃんに話をするのは？」

「最近彼女に頼ってばかりで気が引けるんですよね」

「頼るかどうかはともかく、一言は入れといたほうがいいだろう。日本がどう考えるかなんぞ、日本にしか分からんからな」

「それもそうですね。不都合があるなら、止めてくれるでしょうし」

そう言いながら、面倒くさいなという顔をアラタはしている。子供相手のほうがずっと面倒くさいだろうに、アラタはそうは思わない。

「まあ、そこは面倒くさがらんで頼む」

ワシが言うと、アラタは心配性だなあという顔で分かりましたと言った。

帰った後の話

アラタがミャンマーに戻ったのは翌日の夜だった。のんびり車を運転して帰るらしい。疲れるだろうにご苦労なことだ。

イブンは残ることになり、涙目一杯で勉強している。歴史さえなければとか、人類のこれまでを全否定するようなことを言っている。ジブリールの嬢ちゃんはまあ、車の中でアラタに文句を言い続けるに違いない。

まあ、皆元気そうでなにより、ということにしよう。

「急な仕事ですまんかったな」

ワシはカジタを誘って飲みに出た。結局賊も狙撃もなく、アラタに尾行すらついていなそうだった。良かったと言うべきかどうかは分からない。衛星写真から追跡する国だってあるかもしれん。

「いえ、いい小遣い稼ぎになりましたよ」

「そう言ってくれるとありがたい」

二人で氷を浮かべたビールを飲む。薄い。それがいい。こんな暑い国で濃いビールを飲むヤツの気がしれん。思えば気の持ちようでうまいもまずいも決まるのかもな。

「ソフィさんが俺に会いたがっているとか笑いながら言うんですよ、アイツ！」

カジタがそう言って嘆いた。カジタはソフィア嬢ちゃんがアラタと幸せになってほしいと思っているらしい。どうかなあとワシは思う。なかなか恋愛というものは難しい。それこそ難しすぎて昔は自由恋愛を禁じていたほどだ。

とはいえ。カジタの気持ちも分かる。

「うまくいってほしいものだな」

「ホントっすよ」

二人でしばし酒を飲んだ。

しんみりしつつも海老がうまい、この飯がうまいと話をしていたら、急に通りの一角でどよめきが走った。

二人で顔を見合わせる。

「ドンパチなら走って逃げるでしょうから違いますよね」

立つかどうか悩む顔で、カジタが言う。ワシは少し頭を使った。

「スポーツならスポーツバーから声がするだろう。ということは」

「ニュース、ですかね」

「たぶんな」

カジタがスマホを使って情報を集めている。ワシはビールを呷(あお)った。平穏な気分で飲めるのも、これが最後かもしれんし、ゆっくり味わいたい。

カジタがスマホから目を離してワシを見た。

「分かりました。欧州で戦争が起きたみたいです」

「あそこだけが世界でも平和なところだと思ってたんだがな」

「ロシアがウクライナに攻め込んだらしいですよ」

戦争の悲惨さはこの一年くらいのあれやこれやで世界中に知れ渡ったと思ったのだが、違ったのか。

ワシは思わず月を見上げた。月は何も答えない。

そりゃそうか。

そりゃそうだ。

戦争は次の戦争を生む。その言葉が胸に刺さる。

月に向かって、ワシは口を開いた。

世界は混沌だぞ、アラタ。お前はどう生きる?

シンの章

M.O.F.

MARGINAL OPERATION
FRAGMENTS III_01

密林からきた警察、自称だけどね

僕の父は変人だ。でも善人なので僕は大好きだ。

父の名はリョータ。氏族はアラタ。だから僕はシン・アラタになる。この名乗りはいつかのときのために大事に取っておきたい。大抵の人間なら、その名の威徳によってひれ伏すだろうから。実際、金のシンシアという女の子をひれ伏させたことがある。

まあ、実際ひれ伏す人がいると、とても困るんだけどね。父はその場面でこわばった顔をして動きを止めていた。そういうことは滅多にない。

話がそれた。それで、僕の事。

僕は年の順にいうと一二番めの子で、かなりの古参だ。子に古参という表現を使うかはさておき、とにかく昔から父の子だった。養子だけど。

それはさておき。

ある日、僕は父に願い出た。困っている人がいるので治安維持活動がしたいです。

すると父はとてもいい考えだねと言って、僕に部下と車両をつけて送り出してくれた。それで今、数千人と数千機があちこちに散って治安維持活動をしている。

それで僕は密林からきた警察になったわけだ。自称だけどね。

今日も僕は管轄区域をパトロールして回っている。父から与えられたジムニーは出だしは遅いがどんな道もへっちゃらで、乗っていて気持ちがいい。最近は沿線に知り合いも増えて、毎日が楽しい。

僕たちが毎日パトロールしている通りというか田舎道には屋台みたいな店が開いて、ちょっとした屋台村になっている。

「治安がいいと店が増えるよな」

一緒に同乗しているトニーがそう言った。そうかもしれない。そうだといいな。僕が頑張ったから店が増えたと思うと誇らしい気分になる。小さな丸い友もそう言っている。

「まめたんが喋(しゃべ)るわけないだろ」

トニーはそう言うが、無視した。小さな丸い友はくるっと回って、僕の考えを支持した。

「ほら」

「気のせいだって」

トニーは取り合わない。頑固なやつだ。向こうもそう思っているかもしれないけど。

屋台の並ぶ山がちの真(ま)っ直(す)ぐな道から交差点に出る。信号もない交差点だ。

この先を真っ直ぐ行くと盆地になっていて、ちょっとした街があるのだが、僕たちはそこに手を出すのを禁じられていた。父が言うには、僕たちは侵略者じゃないからね。とのこと。

それで交差点を右に曲がる。しばらく行くと、急に斜面になる。山脈が連なる場所なので、こういう地形が普通だ。高いところから下を見ると、どこか故郷を思い出した。

そういえば、故郷にも段々畑があった。こっちは耕作放棄地も多いけど。なんだか勿体ない。

「街見てるの?」

トニーがあくびをしながら言った。そういえば忘れていた。一応見ておくかと双眼鏡を動かす。

日本の安い五倍の双眼鏡だそうだけど、とても役に立つ。

「銃撃戦してるみたい」

「またかー」

「うーん」

僕たちが手を出さないばっかりに、街では暴徒などが暴れているらしい。これは父に掛け合わないといけない。善良な父の子としては、ぜひとも善良でありたい。

僕が双眼鏡を下ろすと、トニーが心配そうに僕を見ていた。小さい丸い友の知性は認めないけど、人間は心配らしい。変な感じだ。

「シン、あんまり街の心配しないほうがいいよ」

「心配はしてないけど、困ってる人がいる」

「それを心配と言うんだよ。気にしないでいいんじゃないかなあ。銃撃戦をしている人たちは、好きでやってるんだよ」

「巻き込まれる人たちもいるだろ?」

「そんな人はとっくにこっち側へ逃げてるよ」

「そうかなあ」

もう一度双眼鏡を覗(のぞ)く。確かにトニーの言うとおり、廃墟(はいきょ)、または空き家と思われる家が目立つ。このあたりの人はベランダに鉢植えの植物を置くので、その状態ですぐに空き家かどうか分かる。

「うーん。確かに」

「でしょ？　でも気になるなら鳥(とり)さんに聞いたらどうだい？」

鳥さんというのは、父の異名だ。本当のところはイヌワシというんだけど、なぜかフィリピン出身の子は父を鳥さんと呼ぶ。フィリピンにはイヌワシはいないのかもしれない。あるいはそう、ゆっくりなサキがそう呼んでいたのが感染(うつ)ったのかも。

このあたりを監視している小さな丸い友を指笛で呼び寄せる。変わりはなさそうだ。丸い体を撫(な)でて、今度も右折する。この先には新集落がある。

新集落、というのは僕たちの支配地域に勝手に住み着いて村を作った連中だ。最初に僕たち相手の屋台村ができて、次にこの新集落ができた。この数ヵ月で僕たちの支配領域にはどんどん人が集まっている。おかげで僕もみんなも忙しい。最近は国連とか人道支援のＮＧＯという人たちまでこっちに来る。大体は父の人の善さをあてにして、護衛を出してほしいとか、ここに活動拠点を置かせてくれとか、そういうのばっかりだ。

新集落は着の身着のままでやってきた人も多い。かなり早い段階で父が援助し、続いて日本政府や国連が支援した。父が一番早かったというのが、僕の自慢だ。父はいつも損しているけど、だからといって善をなすことを怯(ひる)んだりはしない。父のように大勢に号令を掛けるような仕事をしたいとは思わないけれど、父のように善でありたいとは常々願っている。

話がずれた。新集落は援助のおかげで結構早い段階で自立できるようになっている。父がちゃんと集会所を作って、長老を中心とした合議制で運営するようにしたのと、援助漬けで仕事をしなくなったりしないようにと、それまでの職に応じて新たに仕事を割り振れるように頑張っていた。父は無職をいかに無職(ニート)にしないかについて、たくさんの知見を持っていて、さすがだなと思った。

それでも、完全というわけでもない。早い段階で父の下に来た人と昨日今日来た人では生活水準に差ができている。新参者ほど僕たちのキャンプから遠くなるわけで、その分、水場から遠いとか治安が心配とか問題が出てくる。そこで安心させるために父はパトロールを頻繁にやっていた。提言は僕がした。誇らしい。

最近、警官出身者で治安部隊を作ったのだけどすぐに賄賂が横行して、父が部隊を解散させた。それで僕たちは今も治安維持をしている。平和で良かったなあ。戦時だったら面倒を見きれなかったかもしれない。

パトロールルート上の女の子が花をくれようとするのを断って、さらに受け取ろうとするトニーを止めて帰ることにした。

「花くらいいいじゃないか」

「だめだ。賄賂を取ってた大人も、最初はきっと花とか受け取ってたんだよ」

「賄賂って駄目なの？」

そこからだったか。トニーというかフィリピンという国は、賄賂に相当緩いらしい。僕の偏見かもしれないけど。トニーが緩いだけかもしれない。

「駄目だよ。イヌワシは賄賂に厳しい。僕はトニーと離ればなれになりたくないなぁ。トニー、追い出されるかも」

「怖いことというなよ。ここから追い出されたら、僕はまたごみ浚(さら)いに逆戻りだ」

「花なら姫様に貰(もら)うといいよ。あの人花が大好きだから」

「え、ジニが？」

「ジブリールのほうだよ」

「わー」

僕は運転しながら、ちらりとトニーを見た。トニーはドブの底に映る太陽が存外美しかったことに気付いたような顔をしている。

「ま、まあ花を貰うのは今度にしておこうかな」

「姫様が苦手なの？」

「むしろ、得意な人いるの？」

トニーは真顔だった。そうか。そう見えるのか。まあ、分からないでもない。以前は追い詰められたオオヤマネコ感があったけど、今は孕(はら)んだオオヤマネコみたいになっている。子供を守るように父に近づくあれそれを威嚇している。

「悪い人じゃないよ」

「悪い人だなんて言ってないだろ。ただ苦手なんだよ。なんと言うかなー、病気？　そんな感じ」

僕は笑ってしまった。あれを病気というのはきっと、母というものを知らないのだろう。トニーは家族に恵まれていなかったのかな。まあ、父と出会う前の僕と同じか。それでも僕は捨てられるまで、少しは可愛がって貰った記憶がある。

「フィリピンって、オオヤマネコいないの？」

「いないよ。なにそれ？　猫と違うの？」

「ジブリールそっくり」

「猛獣じゃないか」

思わず笑った。ハンドルを切り間違えて山道から落ちるところだった。

基地とヤマネコ

キャンプに帰って父に報告に行く。トニーは僕に任せたと言って遊びに行った。若干の呆れはあるものの、人は色々だよと父が言っていたのを思い出した。この部隊がオオヤマネコの集団になっても困る。違いは許すべきだ。

再建されたキャンプ・ハキム、新しい僕たちの家は随分立派になったけど、父の執務室が入っている建物だけはみすぼらしい。他の建物を建てるときの建築資材小屋をそのまま使っている。父は僕たちの教育にお金は掛けるけど、自分の生活については質素もいいところだ。本人曰く、趣味にはお金を使うとか言っているけど、なんの趣味なのかは分からない。

「イヌワシ、いますか」

部屋に入って目が合ったあと、教わったノックをやってそう言った。父は笑っている。

「惜しい、順番が逆だ」

「でもここ、いつもドアが開いてますよね？　意味あるんですか」

「意味はないけど、ノックしないのを嫌がる人は多いからね。社会勉強さ。練習、練習だよ」

父はそう言っているけど、最初はこの執務室にはドアもついていなかった。中央アジアにいた頃からドアがないところで生活していたらしい。どんな人も拒まず受け入れる心が部屋の配置にも表れていて心地よい。今はノックの教育のためにドアをつけているが、それにしたって普段は開けっぱなしだ。

前に日本人のイトウってスパイが言っていた、スパイが来たらどうするんですか、と。貴方が言うんですかと思いはするけど、指摘は正しい。でもまあ、実際やったら姫様に撃ち殺されるかな。いつも父を見ているらしいし。

「パトロールはどうだった、シン？」

「街の様子が良くないです。銃撃戦が起きていました」

「暇な人たちだな……」

父は腕を組んでそう言った。イブンなら食って掛かるところだが、僕はそうしない。父が憂慮しているのは顔を見れば分かる。むしろイブンは何にでもすぐに食って掛かるのが良くないと思う。

父はしばらく考えた後で口を開いた。

「それで、シンはどうしたい？」

「街の治安を守るべきです」

「それを言われるのは二度目だな」

「父はなんでそんなにやりたがらないのですか」

しまった。イヌワシと呼ばずに父と呼んでしまった。一瞬父は嬉しそうな顔をしたので、今度から父と呼ぼうかなという気になった。ともあれ。

「都市部の治安作戦で子供たちが怪我をしたら嫌だ」

父はそう言った。心底そう思っているのは顔からして明らかだ。父は必要なら何とでも戦うが、必要でなければ戦いはしようとしない。

「でも、都市の人は困っています」

「そうなんだよねー」

「都市の中には僕たちの兄弟になる子がいるかもしれません」

そう言ったら、腕を組んだまま父が傾いた。僕も同じ方向に傾いた。何か見えるんだろうか。

父は苦り切った顔をしている。

「うまい言い方だね、シン」

「そうなんですか?」

「そうだ。僕にはよく効く。大人がどうなろうが知ったことではないが、子供はその限りではない。なにか良い方法を考えよう」

「よろしくお願いします!」

そう言って出ていったら、オオヤマネコが出てきた。違った、姫様だ。

「何をしていたのですか。シン」

父がドアを開けっぱなしにしているのはこの猫のためかもしれない。分かる。

「パトロールの報告をしていました」

「本当でしょうか」

警戒心の強いオオ……姫様は僕と父の会話も疑って掛かっているらしい。何を疑っているのかは、たぶん本人にも分かっていない。

「本当ですよ。見ていたんでしょ?」

「見てはいました」

横を向いて姫様は言う。警戒するなら女の子を警戒すべきだと思うけど、何も言わないことにした。猫になぜ猫なのかを問うのはむなしい。

姫様は後ろめたい事を隠すように難しい顔をした後、僕に問うた。

「でも、あんな笑顔になるなんて。どうやったのですか？」

「間違って父と呼んだんです」

「そうですか」

姫様は露骨にがっかりしたようだった。自分も父に喜んでほしいとか、そう思ったに違いない。僕とは違ってイヌワシの子にはなりたくないので、こういう反応なのだろう。

「分かりました。礼を言います」

「いえ」

しょんぼりしている後ろ姿を見て、なんとかなりますよとか言うべきか迷ったが、やっぱりやめた。気休めだと思ったからだ。父から見て子はいくらいても問題ないと思うけど、母と妻は一人で十分とか言いそうな気がする。激戦だ。凄く狭き門になるのは間違いない。うちの姫様が勝てるかというと、まったく自信はない。というか、ダメなような気もする。それだったらまだジニのほうが良いような気がするなあ。

まあ、考えるのはよそう。こういうのを深く考えても良いことはない。誰と誰が結ばれるかは神が決めたもうことだ。人間がどうこういうのは不敬だ。

トニーのように遊びに行く気にはなれず、勉強しようと歩いていたらグエンが僕の背中からを肩を抱いてきた。グエンは背が大人と同じくらいなので、ちょっと僕はよろけてしまった。

このグエン、僕の親戚である無口なハサンの友人なので僕も同じく友人としてつきあっている。グエンも同じつもりみたいで、今日みたいに気安い。

「聞いたぜ、街を攻めるんだろ？」

「僕、まだ誰にも話してないよ」

そう言ったら、グエンは歯を見せて笑った。そうすると急に幼い印象になる。

「なあに。簡単な推理だ。親父(おやじ)は俺たちには甘い。そんでお前は街を救いたい」

「推理にすらなってないよ。みんな知ってる」

「へへ。でも当たっただろ」

「当たったけどね」

グエンは得意満面だ。自分の推理が当たったと言うより、父が僕たちに甘いことを再確認して嬉しくなってしまったんだろう。

気持ちは分かる。

僕は少し考えて、乗っかることにした。背伸びしてグエンの肩を抱いた。

「お前も嬉しそうじゃねえか」

「当たり前だろ。ああ、でもごめん、戦いになったら、危険になるかも」

「気にすんな」

一言ですませて一切気にしない。グエンのそういうところは凄いと思うし、友人として得がたいなしだった。

と思う。

「ありがとう」

「気にすんなって言ったろ。他のやつも気になんかしねぇよ」

僕の決めたことは僕の兄弟や姉妹を危険にさらすことだったんだなと、今更気付いた。僕は考えなしだった。

とはいえ、父に伝えたこと自体に後悔はない。

罪深い気持ちと、後悔のない気持ち。二つに挟まれて僕は祈りの必要を感じた。

礼拝所として用意された簡素な部屋に行って、神に祈りを捧げる。

心を落ち着けて食堂へ行く。ムスリム用の食堂は別にある。ちなみに父は気分次第でどこの食堂にも行くらしい。父の神はどういうものだろうと聞いたことはあるけど、いないんじゃないかなあという曖昧な答えだった。イブンによると日本人に多い無神教という宗教らしい。自分たちの神の話をすると怒り出すあたりはどこの宗教も同じだと思うが、日本はそれが格別に酷いらしい。しかも自分は宗教に寛容だと本気で自称しているらしい。狂信者みたいだ。

でも、父は違うな。父は僕が礼拝していても怒ったことがない。自分の考えを押しつけもしない。無神教にも色々あるんだろうか。僕も改宗したほうが良いのかなあ。今度聞いてみよう。

小さいメーリムが初めて作ったという食事に手をつける。鳥を焼いたものだった。どこの部位か分からないがうまいのはうまい。中東の味がする。それともインドかな。唐辛子とニンニクと香辛料が入っている気がする。ハーブもあるかな。

味わって食べていたら、ジニが元気よくやってきた。僕の前に座った。

「何？」

「街を攻めるの？」

「推理したの？」

僕が言ったら、ジニは不思議そうな顔をした。違ったらしい。

「えーと。じゃあ、グエンに聞いた？」

「いいえ。ジブリールから」

「姫様、僕とイヌワシの会話が聞こえてたのかなあ」

「どうでしょうね？」

ジニは情報の入手法は気にしていない様子。気にしているのは戦いのことだろう、僕は頭を下げた。

「ごめん。僕が進言したせいで戦いになるかもしれない」

「気にしないでも」

グエンの言うとおりだな。

「皆に親切にしようと思った」

「そう？　それよりも、なるべく早く戦ったほうが良さそうだった？」

「街の空き家は増えているけど、僕たちの方へ避難してくる人はこの数日、あまりいない。虐殺かもしれない」

「あー」

ジニは思い当たったような顔をして、僕を見た。

「実は私も、シンと同じ事をイヌワシに言ったのですよ？　虐殺の可能性には気付いてなかったけれど」

「そうだったんだ」

危機感を持っていたのが僕だけじゃないことを喜んだ。過去のあれこれでミャンマーの政府を嫌う子供たちは多い。勝手に死んでろという者も多い気がしたので、ジニが味方なのは心強い。

「午後からアラタがパトロールのデータを確認するんですって。シンにも声が掛かるかもしれないので、Iイルミネーターをつけたままにしていてね」

「寝るとき以外は大体つけてるよ。僕」

「一応よ」

ジニはいつもどおり機嫌良く去っていった。軽やかだ。それでいてちゃんとやるべきことはやっている気がするので、僕は姫様よりジニのほうが姫様っぽいと思っている。

それで落ち着かない気分で勉強を始めたら、すぐに父から連絡が来た。飛び上がって接続する。

「はい、シンです！」

「シン、今日のパトロールで、どこで虐殺が起きているかもと判断した？」

「はい。鉢植えです」

僕が鉢植えの様子と街からの脱出人員の差を説明すると、少しの間があった。

「確かに、危ない状況だね。分かった。すぐ兵を出そう」

「ありがとうございます！」

「いや、シンの気付きのおかげだよ。僕はいい息子を持った」

そう言われると嬉しい。喜んでいたら、小さな丸い友が動くのが見えた。列をなして武器をハンガーから受け取っている。

「シン、まめたんのオペレートを手伝ってくれ」

「分かりました」

僕はサングラスみたいな形のＩイルミネーターを不透過モードにした。画面がはっきり見える。小さな丸い友たちは綺麗（きれい）に並んで街へ向かっている。おそらく三〇分くらいで到着するはずだ。

僕も戦いに行きたい。でも父は、とりあえず小さい丸い友を行かせたいらしい。壊れてもまた修理できるから、とのこと。

思えば小さな丸い友には世話になりっぱなしだ。彼らにも親切にしたい。

それにしても素早い動きだ。小さな丸い友への矢継ぎ早の指示を見ていると、最初から市街の重要地点などの情報は収集済みに思えた。一番近くの街だから当然という気もするが、父は侵略はしない一方、万が一に備えて情報を収集していたに違いない。

父は凄いな。

カメラから送られてくる映像を見ると小さな丸い友が父の声で治安活動を宣言している。なんて言っているのか気になって、小さな丸い友に頼んで声を大きくして貰った。

「こちら、アラタ。我々は我々の意志で治安維持を行います。邪魔をする場合は武力をもって排除するので、覚悟してください。我々の主張は二つ。暴力で問題を解決しようとするな。子供たちが困っているのなら僕が保護する。以上」

どこか怒った、父の声だ。父は滅多なことでは怒らないが、怒り出すと国が滅ぶまで戦う。どんな大国だろうと一歩も引かない。虐殺かもしれないという事実は、父の善なる部分を刺激したのだろう。こうなったら、早い。

まめたんが複数の部隊に分かれて同時に侵入した。メインストリートと、いくつかの副道から進入したまめたんが、血管を流れる血のように小さな通りまで進んでいっている。

誰かが二階の物陰に忍んでいるようだ。小さな丸い友の頭にある自動小銃が一斉に動いてそちらを狙い続けている。手をあげた人影が出ると、そのまま無視して移動を再開した。

「困っている人、動けない人、犯罪を目撃し、訴えたい人は、公園を指定しますのでそこまで移動してください。僕たちのキャンプ地まで移動したい場合は、赤い旗をつけたまめたんがいますので、それについていってください」

父は一人で小さな丸い友数百を操り、同時に複数の目的を達成するように動いている。

一瞬、僕たちは不要になるのではないかと、そんな気になった。違うとは思ったが、怖い。

危険をものともしない勇敢な小さな丸い友に、嫉妬のようなものすら感じる。これも良くない。

銃声。

距離も方向も分からないが、父には分かったらしい。

父は迅速に部隊の一部を動かした。動いているのは二機＋二機の四機だ。前衛と後衛に分かれて、前衛は前にどんどん出て、後衛は回り込んで狙撃の準備をしている。さらに一部の遊撃隊を抽出して動かしている。

銃声の元を特定した。子供を盾にして銃を向けている兵士か何かが、五、六人。愚かだ。子供をかばって銃を向けるとかだったらまだしも生き延びそうなのに、子供を盾にした兵が父を前に生き残れるわけがない。父はそういう手合いを許したりはしない。

小さな丸い友が狙撃を開始した。メロンのように頭が爆(は)ぜている。兵士が伏せるより早く射撃が終わった。前衛が近づいて迅速に子供たちを頭の上に載せて運んでいる。

あっという間だった。小さな丸い友は敵には容赦がない。

それにしても、なんで銃で対抗しようとしたんだろう。僕たちにせよ、小さな丸い友にせよ、戦闘力は低くない。少人数で戦うなんて無謀もいいところだ。僕たちの実力を過小評価する材料もなさそうなんだけどなあ。

不思議に思っていたら、さらに不思議なことが起きていた。また銃声が起きてそちらを見ると、大人の女性が数名銃を持って男たちの頭を撃っている。まめたんが近づくと、銃を捨てて降伏した。

「なぜ撃ったのですか」

父が冷静に尋ねている。女は手をあげたまま、清々した顔で口を開いた。いつでも殺せという顔をしている。

「夫を殺され、犯されたから」

「なるほど」

父はそれだけ言って女性を保護した。女性の言うことがどこまで本当か分からないから調べたほうがいいとは思うが、それは小さな丸い友の仕事ではないかもしれない。

それ以外は概ね平和というか、静かに制圧戦が進んでいった。一部の分からず屋以外は父のことを理解していたらしく、すぐに街の全域を押さえ込むことができた。辻毎に小さな丸い友が待機して、大多数は避難を望む人を先導し始めている。

凄いものだと思った後、いや、感心しているだけではダメだと思い直した。僕は僕のできることをすべきだろう。

「シンです。避難の人たちを迎えに行って案内してもいいですか」

「そうだね。人間もいたほうがいいかな」

了承を得て僕は急いで出発した。トニーとグエンも連れていく。

「トニー、仕事だ！」

「えー⁉」

そう言いながらも、トニーはついてきてくれる。良い友達だ。そう思っていたら、トニーは罪を懺悔（ざんげ）するように喋り出した。

「実は金に怒られて……」

「金って金のシンシア？」

「そうそう」

どうやら、遊ぶな、真面目に働けと言われたらしい。

なるほどとハンドルを握っているとグエンが荷台から身を乗り出した。僕が運転しているジムニーは荷台部分の天井が切り裂かれている改造車だ。荷台がオープンなほうが荷物をたくさん運べるし、戦闘にもいいということで、二割くらいのジムニーがこの仕様に改造されている。

「俺も市街戦したかったな」

グエンがぼやいている。

「イヌワシがそんなこと、許すわけないだろ」

「ガキを盾にするヤツを殺したいのは俺も同じだ」

グエンは変わったなあ、と思う。前だったら、偽悪的なことを言っていたと思う。

「そういうのじゃなくて、鳥さんは僕たちの被害を減らそうとするでしょ」

トニーがのんびりと言った。それはそうなんだけど、トニーが言うともっと仕事しろという気になる。不思議だ。

交通安全の仕事

車を進めること二〇分くらいで街から逃げ出してくる人と合流できた。長い長い列で、街の全員が移動しているのではと思ってしまう。

見た感じ、顔が明るい。疲れ果てている感じはあるけれど、元気そうで面食らう。え、皆さん別に僕たちの方へ移動しなくてもいいのでは？　とか思ってしまう。

「えーと、助けは必要ですか？」

そう言ったら、腰が痛いので乗せてくれとか、食糧が欲しいとか、大量の要望が集まってきた。困っていたら小さな丸い友が父の声で、素早く要望毎に分類して助けてくれた。

「シン、通行人でなかなか先に進めないとは思うがなんとか街の中へ進んで交通整理してくれないか」

「分かりました。やってみます」

小さい丸い友にも苦手なことはある。交通整理はその代表だ。人間だと言うことを聞くのに、相手が小さい丸い友だと聞かないときがある。そして小さい丸い友は、こういう人物をすぐに射殺してしまう。そこで人間の出番だ。僕は喜んで交通整理をすることにした。銃は、撃たないでいいなら撃たないほうがいい。僕はそれを父から学んだ。

大規模出撃前後だとキャンプ内でも交通整理は必要になるので、僕には経験がある。

「どいてくださーい。すぐに迎えが来ますよー」

トニーがそう言いながら道を開けている。街に近づくほど歩く人がみすぼらしくなっていく。動けないで座り込んでいる人もいて、僕はＩイルミネーターを取った。

「本当に困っている人がいます」

「うんうん。そうだよね。すぐに迎えを出すのでそのまま待って貰うように伝えてくれ」

「はい」

僕が指示を声に出して伝えていると、トニーが納得したように頷いた。

「そうか。最初に会ったのは元気な人たちだったんだな。そりゃそうか。足腰がしっかりしてるから先頭集団になる」

トニーの言葉を聞いてそうだったのかと思った。助ける必要があるのかと一瞬思ったのは短慮だった。

そのまま街の西側から、東西を連絡する一番の大通りに入った。

大通りはごったがえしている。街の住民全部が移動しようとしているみたいだった。人が多い上に家財を全部運ぼうとしているから大変な事になっている。

「シンです。つきました。街の全部が移動しているみたいです」

「そうみたいだね」

帰ってきた返事は、少し遅れた。父は忙しいのだろう。黙って車の上から身を乗り出し、ホイッスルと赤青の旗で指示を出していたら、父からの言葉が聞こえてきた。

「今のところ一万人くらいが脱出しているみたいだ。ちょっと古いけど二〇一九年の情報ではこの街は人口二万人くらい。事前に逃げていた人が五〇〇〇人くらいだから、確かに街全部と言ってもいいかもしれない」

父は調べてくれていたのだろう。僕が黙っていると、父は言葉を続けた。

「こっちは治安作戦のつもりだが、住民からすれば戦争が始まると思ったのかもしれないね。落ち着けば住民も街に戻るだろう。戻れるようにするためにも、まずは治安維持だ。大量の空き家があるから、ほどなく空き巣や火事場泥棒なんかが出るだろう。それを阻止しないといけない」

「僕、頑張ります」

「期待してるよ。まあとりあえず交通整理だ。交通事故で人に死なれても面白くない」

「はい」

しばらくすると援軍がやってきた。ジニたちだ。姫様の姿もある。姫様はおつきを何人か連れて街を見回るという。大丈夫だろうか。と思ったが、小さい丸い友が基本監視しているとのこと。異常があったときに乗り込む段取りらしい。

それならいいかな。高度な罠(わな)を用意するほど、敵は組織だっているようにも思えない。第一、父が、姫様に危ないことをさせたりはしないだろう。

意識を切り替え、腕時計を使って時間を計りながら、交通整理をする。歩く人が多すぎて車がちっとも動かせていない。一万人ってこんなに多かったっけと思っていたら、銃声が聞こえた。即座にグエンが音の方向に走っていく。トニーはIイルミネーターを使って何か父に報告しているようだ。

僕も半透過しながら様子を窺う。交通渋滞にいらいらして射撃したのかと思いきや、表示上は事故、と書いてあった。

何が起きたんだろうと気に掛けていたらグエンが戻ってきた。僕たちに話したそうにしている。

「何があったの？」

「それが何もなかったのさ。こう、巻きスカートのベルトに拳銃を差していたら、暴発しちまったらしい」

「え、自分で自分を撃ったの？」

トニーがびっくりして言った。僕は驚かなかった。しっかりした安全装置のついた銃ばっかりじゃないし、そういう銃に覚えもある。僕たちにそれがないのは単に父が、危ないからって安全装置が完備されてない銃を嫌ってるだけだ。

それにしても、色々な人がいるなあ。

道行く人々のそれぞれの生活を想像していたら、夕方には人も少なくなってきた。家に戻っていった人も結構いた。なんで外に出てきたんだろうと思わなくもないけれど、怖いから外に出て、そのうち安心して家に帰ったのかもしれない。そうだといいな。

「シン、夜中はまめたんに任せて後退だってよ」

「分かった」

それで僕たちは帰ることにした。虐殺とか、実際はどうなってたんだろうなあ。

巻き込んでしまった友達の安全を祈り、勉強をすること数日。またもや交通整理の仕事がやってきた。

なんだろうと思っていたら、避難していた人たちの多くが街に戻るらしい。とてもいいことだ、と思うのだけど、どうなのだろう。

正直自信がないので父に聞いてみた。いつものようにドアが開いたままの部屋に入って、ノックする。

「お父さん、皆が戻ることは良いことなんでしょうか」

「良いことにしないといけないね」

父は僕を見ると、優しい感じでそう言ってきた。父がそう言うときは、良いことも、悪いこともあるというときだ。

「良いことってなんですか、どうすれば良くなりますか」

「シンはこういうこと好きなのかい？」

「好きかどうかは分かりませんけど、必要なことだとは思います」

「なるほど。重要な観点だね。僕について、ちょっと勉強してみるかい？」

「はい！」

父はどんなことを教えてくれるのか、楽しみだ。楽しみすぎて交通整理があっという間に終わってしまった。一日の時間の流れが速い。

翌日、父について街に行った。わざわざ街に行かなくても小さな丸い友からの情報ですみそうなものだが、父はきちんと僕に勉強をさせるつもりのようだ。それが嬉しい。

横を見る。車の中には、当然であるような顔で姫様もいる。父はのんきなもので、姫様から僕が睨まれていることに気付いてもいないようだった。

「シン、街に何人戻ったか分かるかい？」

「ほぼ五〇〇〇人です」

それはすぐ分かった。気になって毎日データを見ていたからだ。

「そう。出ていった人の半分というわけだね。ここから何が分かるかい？」

「ええと」

僕は頭を使った。勉強は、父はなんと言っていたか。

「半分は僕たちのキャンプ付近より元の街のほうがいいと思ったんですね」

「そうそう。頭がいいね」

「嬉しいです」

そう言ったら、なぜか姫様から睨まれた。自分も答えればいいのに、と思うのだけど、おそらくまったく分からないのだろう。姫様、昔から勉強が大嫌いだからな。村にいた頃、勉強を嫌ってロバ小屋に隠れていたことがある。

「自分の家への愛着とかもあるとは思うけど、治安さえ良くなれば街に戻る人も増えるだろう。これは良いことだ」

「悪いことはなんですか」

「半分は戻りたがらないということは、要するに住民間でトラブルがあったとか、そういうのだろうね。押さえつけるほうがいれば押さえつけられるほうも」

「無法地帯になってましたもんね」

「それは僕の失敗だな。物資さえ供給できればやっていけるだろうと思っていたんだが……」

実際には物資の配給を巡って無法地帯化した。善なる父には、略奪者の気持ちなど分からないのだろう。分からなくていいと思うけど。

父は少しの悲しみを隠して言葉を続けた。

「あるいは仕事の問題だ。僕たちを相手にしたほうが儲かるって線もある」

「屋台、増えましたもんね」

僕たちが貰っている小遣いを目当てに、屋台が一杯建っている。父がたまにまとめて買って子供に配ることもある。それで最近キャンプ・ハキムの周りには屋台村ができつつあった。村と言うより街かもしれない。彼らは稼いだそのお金で、たまにやってくる商人からものを買っている。

今回父が近くの街の治安維持に入ったことで、人口が五〇〇〇人も増えたということになる。うーん。それがどういうことなのか分からない。車で三〇分と近いし、どこに住んでいてもいいような気がするけれど。

「キャンプの近くに街ができてしまうのは仕方ないと思います」

今まで黙っていた姫様が急に喋り出した。興味があったのかとびっくりしたが、父は驚くでもなく、満足そうに頷いていた。

「どうしてそう思う？」

姫様はあまり面白くなさそうに、とはいえちゃんと教育を受けた姫様って感じで口を開いた。

「アラタは税を取っていません」

端的な言葉に、父は声を出して笑った。きっと的確でもあったのだろう。

「確かに。そのとおりだね。なるほど、税金がないほうに人口が移動する、か」

「アラタは基本的に占領しても統治せずで、政治機構などは前のまま残す傾向があります。それ自体は悪くはないですが、言い換えれば脱出さえしてしまえば税金を払わないでいいわけです。このまま支配地域が増えていけば、不平等感が増します」

うわぁ、姫様が姫様っぽい。手を叩いて良いのだろうかと思っていたら、そっぽを向かれた。

「私でもたまにはこういうことを話すのです」

「ジブリールは政治関係には結構詳しいし、才能がありそうなんだよねぇ」

父がそう言ったので、僕は身を乗り出した。

「だったら姫様を政治方面の助手にするのはどうでしょうか!」

「なんでシンが前向きなんだい?」

「いえ……すみません」

姫様が父ともっと長い時間一緒にいられるようになればいいかなと思ったのだが、それをそのまま伝えるのは難しい。苦笑いしていたら、姫様が余計なことは言わないでいいという顔をした。確かにそうかもしれない。父によれば、人の恋路を邪魔すると馬に蹴られると昔の日本では言っていたらしい。

「あの、一つ質問です」

苦しいと思いながら話をそらすために口を開く、父は気付いていないようで、なんだいと問い返してきた。

「このままでは不平等感が増すという話でしたけど、じゃあ、税金を取るんですか?」

「そういう話になるとは思うんだが、僕にはノウハウも暇もない。ぜひ、既存の制度を流用したいところなんだけどねぇ」

「役人が皆逃げ出したんですか?」

「不正や腐敗が横行していてねえ。そのまま流用するのも大変なんだよ」

「あー」

軍事政権で好き勝手やってたやつらだからなあ。なるほど。政治って大変だ。

「でも、何かはしないといけませんよね」

「まったくだ。やれやれたかだか数万規模でこれなんだから、先が思いやられるよ」

「数万は十分多いですよ」

「いや」

父は苦笑して、Iイルミネーターを開いてごらんと言った。

父が言うとおりにマップコードを入力するとミャンマーの全域地図が出てきた。父は戦域になりそうな全部のマップコードをそらんじている。

「ミャンマーの人口は五〇〇〇万人を超えているんだよ」

「ミャンマーを支配するんですか」

「まさか。とはいえ、僕が商売できる程度には支配というか、治安を回復させないといけない。それだけでも一〇〇〇万とかになっても驚かないね」

「なる、ほど」

どうすればいいんだろうと考えていたら、父が運転しながら微笑(ほほえ)んだ。

「大丈夫。ホリーがいる。彼女に任せるさ」

「あー」

「なんだかテンションが低いね」

「い、いえ」

なるほど、姫様が制していたのはこの結果が出るのを恐れてだったか。なるほど。姫様からすればホリーさんは恋敵に違いない。

悪いことをした。今後は姫様のためにも祈ろうと、僕は誓った。

姫様は特に傷ついた風でもなく、人形のように座っている。すましている、とも言う。

「そういえば、ホリーさんは最近見ませんね」

「今は日本だよ」

「日本！」

「色々援助を取り付けないといけないらしい。大変らしいよ。日本も酷いことになってるらしいから」

「そうなんですか？」

「日本からすれば最大の貿易相手国が中国だったからねえ。それがまあ、ああいうことになったんだから、無事ですむわけがない」

「なるほど」

話を聞くだけで大変そうだ。でも、そうか、日本も大変なのか。陸戦はなかったと聞いてたんだけど、経済が危ないらしい。ロバの飼料が少ないとか、そういうことになっているに違いない。僕の家も不作のときに泣く泣く羊やロバを手放したことがある。ちょっと泣ける。

父の顔を見る。父は平気そうだ。

「お父さんは気にしてないのですか」

「銃でやりやってる僕たちのほうが心配される立場だと思うけどね。まあ、心配かどうかといえば、うーん。僕はシンや、皆の行く末のほうが心配だよ。日本の心配は日本人の誰かがするさ」

随分と投げやりだった。いや、投げやりというよりも、興味なさそう。

「お父さんは日本人ですよね？」

「君たちを喰わせられるなら何人でもいい」

父の言葉は簡潔でよどみがなかった。常日頃、心の底から、そう思っているに違いない。父は弱者に優しいが特に子供たちには別格で優しい。

「アラタは我々のものです」

姫様がすました顔のまま言った。

「誰にも渡しません」

父は、ははは、そうだねとのんきに笑っている。だんだん姫様が不憫になってきた。そりゃ孕んだ山猫みたいになるのも分かろうというもの。こと男女関係でいうと、父は糸の切れた凧みたいだ。

父が車を停車させた。護衛に小さな丸い友が四機いる。一機は姫様が作った毛織物を着ていた。傷がついたときにかわいそうと姫様があげたものだ。すっかり修理されているはずだが、今も着ている。

姫様は優しい顔になって小さな丸い友を撫でている。その表情でいつもいたら父も考えるのではなかろうか。まあ、姫様の姫様たるゆえんは、自分を可愛らしく見せようとか、そういうことは微塵も考えていないあたりにあるのかもしれない。

「シン、見てごらん」

父が軽く指さした。

辻々に小さな丸い友がいるものの、銃声があるわけでもなく、普通の街の営みがある。店などは開いてないようだが、少なくとも武器を持たなければ外出もできない感じではなさそうだ。あるいは、武器を持っていると小さな丸い友が警戒をするからそれを嫌がっているだけかもしれないけれど。

いずれにしても悪くない風景だ。僕がこの光景の一部を作ったと思うと嬉しくなった。

「ほら、泣かない」

父が僕の肩を抱いて優しく言った。姫様に悪いことをしたかなと思ったが、気にしてなそうだ。よかった。

「帰ったのは良いことですね」

「まだ皆にとってそうじゃないけどね。皆が家に帰れるようにしないといけない」

父はそう言って、少し言いよどんだ。僕に授業するか、少し休んだほうがいいか考えたらしい。

「どうぞ、話をしてください。僕は大丈夫です」

「そうか。まだ帰ってない人たちの一部が僕たちに訴え出ていてね、こういう目にあったとか、処罰してほしいとか」

「まずそれが本当なのかを調べるところからですね」

「その後、罰を与えるとしてそれが適切かどうかも、だね。これまた僕にはノウハウも暇もない」

「それもホリーさん、ですか」

「このあたりはホリーの同調者というか、派閥の人たちとの調整になるねえ。頑張ってほしいんだが数が足りない。どこを見ても人手が足りてない」

姫様が入り込む余地はありそうだ。よく見計らって、推すことにしよう。

キャンプに戻って水浴びをする。一日五回くらい水浴びをしている気がする。このあたりでは珍しくもない話らしいけど、最初来たときはびっくりした。水を大量に使うのだけど、これが今不足している、とも聞いた。人口が増えすぎている。

父としてはそういう事情もあって近くの街を制圧したくなかったのだなと、今更思い当たった。なるほど。

それに、中国人もいる。父の支配下というより、父の支配下にある領域に来たがる中国人たちだ。今まで深く考えていなかったけれど、税金を払いたくないとか、そういう人もいるんだろう。

一人で水浴びしながら、世の中は複雑だなあと思った。途方に暮れる。

礼拝と夕食のあと、勉強しながらつらつらと考える。

最近、銃を使う機会が減った。父は明確に荒事には小さな丸い友を使いたがっている。それでもまだ交通整理とかの仕事があるのでいいが、このままずっと交通整理でいいのかという気もする。

他方、政治とか役人の仕事は必要性はあっても人手が足りていないと聞いた。需要というらしい。

小さな丸い友によって戦闘の仕事からあぶれている僕たちと、必要な役人の仕事。転職、というか、戦士でない別の仕事を考えないといけない。なるほど。勉強が必要なわけだ。役人になるのであれば、相当頑張らないといけないだろう。

よし、僕は立派な役人になろう。

そこまで思い定めたところで、急に不安になってきた。

いや、父はこの国にずっといるのかな?

これは実際に聞かないといけない。

翌日、父の下へ行こうと思ったら交通整理というか、先導の話が来た。街に戻る人々を連れていくのだという。それで僕はその仕事をすることになった。

集められたのは多くが中央アジアからの古参だった。例外はグエンくらいか。金のシンシアもいる。

「なんで僕たちなんだろう」

そう言ったら、グエンが僕の肩を抱いてきた。

「一番信用できる連中ってことだろ」

「そうなのかなぁ」

ちなみにトニーはいなかった。まあうん。グエンもそこから考えたのかもしれない。

「自信なさそうだな」

「父がグエンを信頼しているのは間違いないと思う。護衛隊長だし。僕が古株なのも確かだ。でも……父は子供たちを区別しないと思う」

「区別はせんだろうさ。でもまあ、賄賂をとりそうとか、そういうところで見ているんじゃないのか?」

「あー」

それは昨日、ちょっと考えたことだった。なるほど。父は潔癖な人間を集めたのだな。それだったらこの人選は分かる。確かに古株でもお金儲けが好きなものとか、受け取るのが当然の立場だった子とかは外れている。なるほど。

「確かにそうだね。それなら分かる」

僕が言うと、グエンは酷く嬉しそうな顔で僕の肩を抱いた。

「お前とハサンだけだぜ。そんなこと言うのは」

「なんの話？」

「俺は恐喝とかすると思われている」

「それはない。少なくともそんなことを思う人はこのキャンプにいない」

「へへへ。嬉しいねえ」

「当たり前のことだから、そんなに喜ばないで良いと思うよ」

「親父もそう思ってるところが嬉しいね」

「そこはそうだね」

「そこ、いちゃいちゃするな！」

金のシンシアが僕たちを指さしてそう言った。二人でシンシアを見る。金のシンシアはたぶんオーストラリアあたりの子だと思う。詳しいことは分からないが、自分で飛行機に乗って父の下に来たというとても変わった経歴を持っている。年齢は一六だったたか。割と年長だ。

「いちゃいちゃってなんだよ。男同士だろうが」

「これだから天然は!!」

「〝テンネン〟ってなんだよ。英語で喋れよ」

グエンとシンシアが文句を言い合っている。僕はシンシアも山猫なのかなと思った。

ここに金のシンシアがいるのは分からないでもない。彼女は僕たちみたいに親に捨てられた子じゃない。自分の意志で来た子だ。父を尊敬というより崇拝しているところもある。言いつけはよく守るだろう。うん。

予定の時間が来た。およそ一時間くらいの遅れで人が集まってくる。シンシアは怒っているが、ここの人たちの時間感覚としては普通だ。怒ってもなんで怒られているのかすら分からないだろう。二時間を超えるとさすがに遅刻したという感じになるが、都市部以外はどこもこんな感じだ。

「なんで狂信者(シンシア)がいるんだろうな」

グエンは半ば呆れて言った。気持ちは分かる。でも、これは気持ちの問題ではない。

「シンシアなら、賄賂とかは受け取らないだろ。絶対に」

「あー。なるほど」

グエンは納得した感じだった。シンシアなら賄賂を差し出した人を、その場で説教するだろう。なんというか曖昧さを許さない子なのだ。

それで、交通整理じゃない、交通安全の仕事が始まった。街へ戻る人たちを先導するという、そういう仕事だ。今回は特別にトラックも何台か借りている。

先導のためにエンジンを掛けたところでいきなりトラブル。荷物が多すぎてトラックに積めないと、一部の人が文句を言い出した。

これはまあ、よくあること。ところが金のシンシアがいたのが良くなかった。

金のシンシアは銃を持ったまま、ギラギラした目で申し出た荷物以上の持ち込みは一切許しませんと言い出したのだ。あちゃあと思ったが、まあ、シンシアがこうなることは分かりきっていたことだった。僕が早く動いておけばよかった。

「追加のトラックを手配するので待ってください」

シンシアを捕まえながら言うと、納得しないシンシアは銃を住民に向けた。うわ、バカと、グエンが飛び出すのが見えた。

シンシアが蹴られて、僕ごと転んだ。姫様とジニだった。二人で同時に蹴りを放っていたらしい。

「シンシア、アラタが助けると言ったのです。助けなさい」

姫様は冬の中央アジアを思わせる目で言った。トニーじゃないけど僕まで怖かった。シンシアも震えている。でも、という言葉を口にしただけで殺されそうな雰囲気だった。

それでどうなったかというと、住民の文句がなくなった。多めの分は再度申し出て貰って追加対応という形で落ち着いた。姫様凄いと言うべきか。

いや、良くないよなあ。こういうの、なんて言うんだっけ。そうだ。恐怖政治だ。トニーと方向は違うが、こっちもよくない気がする。

問題はシンシアも姫様もトニーも僕が言ったくらいじゃどうにもならないこと。父ならどうにかなるだろうか。

よし、無事に帰ったら、父に相談しよう。

三〇分ほどで街についた。降ろされた住民はお礼も言わずに逃げるように去っていく。逃げたくなるのは分かる。しかしお礼を言われなかったとシンシアが激怒した。

「あいつら何様のつもり？」

「金の、やめとけ」

なんとグエンが、シンシアを止めに行っている。凄い。グエンが誰かの行動を止めに行くなんて初めて見た。でも姫様が実力行使するより先に動くのは重要だな。僕はまたしても出遅れた。ダメだ。もっとこう、頑張らないと。

最近考え事が多いせいか、出足が遅いんだよなあ。注意したい。

そう考えていたら、ジニに頬を突かれた。我に返る。

「どうしたの？」

「いや、もっと率先して動かないとなと思って」

「シンは十分率先していますよ？」

「ありがとう……でも、もっと動かないとダメなんだ。これじゃダメだ」

ちなみに姫様は住民にはなんの興味もないらしく、トラックを出させて二往復目を機械的に始めていた。姫様にとっては正義とか善性とかは、割とどうでもいいのだろう。

うーん。本当にこの人選で良かったのかなあ。そんなことを思いながら、交通安全というか、先導を行った。ちなみに一度も襲われなかった。さすがに僕たちを狙う山賊めいた輩(やから)は出なかったらしい。

もし、山賊が出ていたらどうなっていただろう？　僕たちが応戦するのは当たり前として、父はどう動いただろうか。

徹底した山狩りと、山賊の撲滅をしていたと思う。父はそういうのを許したりしないし、そもそも治安を回復することを掲げていた。

うーん。そう考えると姫様やシンシアも正しいのだろうか。難しい。姫様は正しいのかな。ジニも一緒に動いていたし。しかしジニがそうだったから正解だろうというのも、ちょっとどうかと思う。できれば自分の頭と足で答えに辿（たど）りつきたい。とはいえ、今の自分では、辿りつける気がちっともしない。

まずは頭と足を鍛えるために、父に尋ねるのが一番だろう。

夜、キャンプに戻って遅めの食事をすませて父に相談することをノートにまとめていたら、金のシンシアがやってきた。凄い足音が聞こえてきそうな、そんな大股だ。

金のシンシアは睨むような顔で僕を見ている。人種が違うせいなのか、ちっとも女の子という感じがしない。不思議だ。二つ名の元になっている髪のせいでもないよなあ。明るい髪といえばジニもそうなんだし。

「悪かったわね！」

金のシンシアは怒りながら言った。僕は首をひねった。

「怒ってるの？　謝ってるの？」

「見れば分かるでしょ！　謝ってるのよ！」

脚を踏みならす勢いでシンシアは言った。なるほど、本人がそう言うならそうなんだろう。

「でもやっぱり怒っているよね」

「怒ってない！　そんなこと言ってると怒るわよ！」

「なるほど⁉」

僕が黙ると、シンシアは心底苦しそうな顔をした。頭を下げる。

「悪かった」

「う、うん。ちなみに言うと怒られそうだけど、何を謝ってるの？」

そう言ったら、金のシンシアは瀉血（しゃけつ）したような顔になった。悪い血が抜けた顔だ。

「私と一緒に蹴られたこと。あと、そのとき私が上で、シンを下敷きにしたこと」

「一緒に蹴られたのは仕方ない。シンシアに怪我がなくて良かった」

「そ、それはノンケってこと？」

シンシアは日本のナード言葉が混じった難しい言葉を使う。というかオーストラリアの人の英語は訛（なま）りがつらくて、何を言っているか分からないときがある。

「うーん。ノンケがなにかは分からないけれど、許しを請うなら僕じゃなくて君の神さまにかなあ」

「そういうの、信じてない」

「なるほど。大変だね」

「大変なの？」

シンシアは僕の横に座り込んで尋ねた。心底不思議そう。信仰が生まれつきないなら、こういうことだって起こりえるんだろうか。

僕はなるべく分かりやすいように、ゆっくり説明した。

「なんでも自分で決めないといけないし、それが正しいかも分からない」

「宗教は正しいの？」

「宗教というか寺院や僧侶が正しいとは思われていない。だから僕の宗教には僧侶がいない。正しいかどうかは神さまと僕の間の話さ。あと僧侶はいないけど法学者と礼拝指導者はいる」

「なるほど分からない説明ね。そっちのほうが大変そうだけど」

「そうかな。でも、そういうことだったら、無神論者なら父がそうだから、父に尋ねるといいかもしれないね」

「あんたのお父さん？」

「イヌワシ」

「アラタさま……」

シンシアのつぶやきを見て、この子は父を預言者か何かと思っているのだと思った。そういう意味では姫様もそうだ。

でもシンシアのほうが純朴な信仰心を持っているように見える。姫様の信仰は、恋にすぐ乗っ取られてしまったから。

僕の予想は裏切られた。

シンシアはかぶりをふった。

「アラタさまに尋ねるなんて恐れ多い」

「尋ねないで勝手に動くから、謝ることになるんだよ」

そう言ったら、突っかかられた。

「いちいち全部尋ねろって?」

「そんなことは言っていない。でも、大事なことや方針とかは聞いていいんじゃないかな。僕はそうしている」

「えー」

シンシアは嫌そうな顔で言った。父を信仰しているのに、教えを請うのは嫌、変な話だ。

「あんたには分からないわよ」

僕の顔が語っていたのか、シンシアはそう言った。シンシア、鈍くはないんだよな。でも話が噛み合わないときがある。なんでだろう。まあ、基本から話していこう。いつかお互いに分かり合えるに違いない。

「その人の心の中が分かるのは神さまだけだよ。だから話をしないといけない」

「それはそうかも」

金のシンシアはそう言って、ちょっと笑った。

質問の答え

それで、父に話し掛けようと数日、機会を待った。自分で言うとおり、父は多忙で暇なときがない。ここ最近は特にそうだ。戦争の頃と同じくらいに忙しそう。シンシアが遠慮するのも、こうなると分かってしまう。それでもチャンスを待っていたら、ようやく機会が来た。出張に行っていた父がタイから戻ってきたのだ。

喜び勇んで父の下へ訪れる。

一度ドアをしめて、ノックする。笑いながらどうぞという声が聞こえてきた。

「どうしたんだい、シン」

父は椅子に座って微笑みつつ、生ぬるいペットボトルの水を飲みながらそんなことを言っている。元は日本から貰ったものなのだが、父はこれに沢の水を入れて使っている。僕たちが飲むものだからと毎日水質検査をやって自分で飲んでいる。ペットボトルは軽いので、同じようにして飲んでいる子は多い。父は飲み口の菌類の増加も調べていると言っていた。僕たちの健康にはもの凄く気を遣っている。

僕は心持ち背筋を伸ばして質問することにした。

「数日前に住民を帰還させたことがありました」

「うん。シンシアの件かい？」

父にはお見通しだった。どんなに忙しくても僕たちの様子はＩイルミネーターから確認していたらしい。

「それは……あんまり問題ではないのかな。僕の心の中では問題になってないです」

「そうか、じゃあなんだろう」

「僕はあの日から気になることが増えました」

僕はノートを出して疑問を読み上げることにした。

「まず、なぜシンシアや姫様を選んだのですか？」

「人選かい？」

「はい」

「僕の考えとしては二つあって、大声に負けないことが一つだね」

「大声」

予想外の返事だった。父は苦笑している。

「大人が子供だからって恫喝（どうかつ）することはとても多いんだよ。だから、まずはそれに負けないことが重要になる。大声で子供を脅す連中は一度でもそれが成功するとそれで一生いけると思ってしまうからね」

「なるほど。僕、賄賂を受け取らないようにああいう人選になったのかと思いました」

「もちろんそういう側面もあるよ。教育に悪いからね。でも、それらの優先順位は低めだ。多くの大人は賄賂の前に大声で恫喝したり、教えてやろうとかいう態度でその場をどうにかしようとするだろう。彼らにとってお金は大事なものなんだよ。他人の気持ちなんかよりね」

「なるほど。では二つ目の人選基準は……」

「大人の言う事を鵜呑みにしないで考えたり、頭から否定できる子を集めたんだよ」

「あー」

なるほど。ジニは聞いた瞬間に人の嘘とかを見抜きそうだし、姫様もグエンもシンシアも教えてやろうとか言われたらへそを曲げるに違いない。なるほど。そうか。僕だったら言われた後に考える。そういう要素を勘案していたのか。

「僕は考えが足りていなかったようです」

「そんなことはないさ。わざわざちゃんと聞きに来るんだから、それだけで偉い。分からないことを分からないままにもしてないし、自分なりの推測もちゃんと立てている。とても偉いと思うよ」

「そうでしょうか」

「そうそう」

父はそう言って身を乗り出すと僕の頭を撫でた。

「シンは偉いんだよ」

褒められて嬉しい。僕は顔を上げて父を見た。

「もっと質問してもいいでしょうか！」

「もちろんさ。なんだろう」

「僕、役人になるべきかどうか迷ってて」

そのときの父の顔は、面白かった。びっくりしていた。

「役人」

「変ですか？」

「いや、まっとうな夢だと思うんだけど。僕がシンと同じくらいのときには役人になろうとかは夢にも思わなかったからね」

「どうしてですか？」

「なんか夢がなさそうなんだよね」

父は夢という言葉を連発している。これは日本語の特徴だと父から聞いたことがある。希望とこうなったらいいという願望と夜に見るものと、なんとなくいいものは、日本語では全部夢と表現されてひと繋(つな)がりになっている。そのせいで父は英語で喋っていても夢って言葉を連発する。

「はっきりしてないけどいいものって意味ですか？」

「ああうん。そんな感じ。まあ、僕は薄ぼんやりしたろくでもない子供だったからなあ」

「そうなんですか？　信じられません」

「ありがとうと言いたいが、事実は事実として僕は今のシンよりよほどダメだったな。トニーよりぼんやりしてて、善悪の区別だってできていたかどうか……」

「それはさすがに言いすぎでは。だってトニーですよ」

「トニーにはトニーで良いところは多い。誰もが同じである必要はないよ」

「それはそうなんですけど……」

父は自分を大きく見せたりしない。が、さすがにこれは逆というか、小さく見せすぎではないかと思った。

それでも父は余裕たっぷりに笑っている。

「シン、人間は子供時代だけで決まるわけではないよ」

「そう、なんですね」

「そうだ。そして大人になっても努力しないとダメだと、僕は君たちに出会ってそのことを知った。結局人間は、常に勉強や努力をしないといけないし、これでいいやとじっとしていることに良いことは一つもない」

父は世界の真理を語るような顔でそう言った。

「何より大切なことは目をそらさないことだ。シン、嫌な事や問題から目をそらさないその態度はとてもいいと思う。その上で言うが、今から役人になるとかは決めなくてもいい。もっともっと勉強してから、進路を決めるべきだね」

「分かりました。……あの、同じことイブンに言ったことありますか」

「あるな。なんでだい？」

「いえ、イブンはその言葉を、自分は嫌われていると思っていたようでした」

父は顔を歪めた。

「そんなわけないだろう」

「はい。そうですよね。僕にはちゃんと伝わりました！」

父は表情を戻すと、微笑んでもう一度僕の頭を撫でた。

「そうか、それは良かった」

「はい」

「シンには可能性がある。役人になることもいいとは思うけれど、もっと凄いこともできるかもしれないよ」

父は父よりも父のような顔でそう言った。

父との話が終わって、僕は腕を組みながら外に出た。物陰からシンシアと姫様が出てきて、一瞬睨み合った後、今度は互いに譲り合った。

それで、短い話題だからと姫様のほうが先に話す事になった。

「アラタと何を話していたのですか」

「僕の進路についてですけど」

「なるほど……」

姫様は残念そう。いや、持ち直した。

「進路について正直に話したら、反対されたのではありませんか？」

「え？　そんなことはないと思いますよ」

「私やイブンは反対されました」

「あー」

さっきのやりとりを思い出し、僕は微笑んだ。

「そんなわけないだろうって、父は言ってましたよ」

「そうでしょうか」

姫様はいつだって疑り深い。僕は笑った。

「大丈夫ですよ。父はただ、皆にもっといい可能性を見いだしているだけです」

ジブリールは難しい顔をしながら父の部屋に入っていった。僕に聞いたことと同じことを父にも聞くのだろう。山猫が真面目に門番をしているみたいでちょっと可愛い。

それで、金のシンシアを見た。彼女は僕を見て、横を見て、また僕を見た。

「今なら父に話せると思うよ」

「そうじゃなく」

「そうなんだ」

僕が黙っていると、シンシアは怒り出した。

「何が不満なの？」

「別に。それより、ジブリールとどんな関係なの？」

「同郷だけど」

僕が言うと、シンシアは腕を組んだ。

「ふーん。流行(はや)らないからね、そういう関係性」

よく分からない絡まれ方だ。僕は少し考えて、分からないなら聞けば良いんだと思い直した。

「それで、なんの用なの？」

「用がなかったら話しかけちゃいけないわけ⁉」

そうか、用がなかったのか。僕はシンシアを見て、友達が欲しいのだなと完全に理解した。

「仕方ないなあ。友達を増やすの手伝ってあげるよ」

「は？　いや、違うし」

「それは友達を作ってから考えるのが良いと思うよ」

僕は金のシンシアの手を取って歩き出した。一〇歩くらい歩き出したところでシンシアが黙りこくって、僕は自分の考えの正しさを知った。

「結局人間は、いつも勉強や努力をしないといけないし、これでいいやとじっとしていることに良いことは一つもないんだよ」
僕が言うと、シンシアは分かったから、力強く引っ張らないでと、それだけを言った。

メーリムの章

M.O.F.

MARGINAL OPERATION
FRAGMENTS III_01

メーリムの記憶

ここはなにもかも違うが、かえってそれが良かったように思う。おかげで寂しくないし、もう故郷のこともおぼろにしか思い出せないから。

私は一一歳になった。長生きしたほうだと思う。

これまで肉壁か囮代わりにされ、よく分からない病気で高熱を出したし、何度か銃撃で死にかけた。幸い一度も弾は当たらなかったけど、近くで爆発が起きたこともある。

それで何が言いたいかというと。特に何もない。死にかけたからって何か言いたいことができるとか、それは死にかけ慣れていないのだと思う。

最初に死にかけたときは怖くて泣いていた。生きることができると思ったとき、今のうちにやれるだけ、なんでもやってみようと思った。

でも、数ヵ月で飽きた。というか慣れた。そのうち別の理由で死にかけたが、今度は頑張ろうとまでは思わなかった。

それでそのまま、今に至る。悪いだろうか。悪いかもしれない。でもまあ、私の人生だものね。

大人は何か押しつけてくるかもしれないけれど、知らない振りして生きていくつもり。

大人の大部分は口だけだ。一一年生きてきて、それだけはよく分かっている。

私はメーリム。氏族の名はアラタ。小さいメーリムと呼ばれることもあるが、今はもう小さくない。何度書いてもいいと思うが私は一一歳だ。

それに、妹も弟もたくさんできた。それにもかかわらず、私の扱いは小さいときのままだ。理不尽だと思う。

このままでは死ぬまで私は小さなメーリム扱いだ。それはそれで甘やかされて良いのだけど、妹たちはもっと可愛がられて良いと思う。

話がそれた。

思えば物心ついたとき、私はもっと寒いところにいた。養父が見せてくれた地図によると、ずっとずっと北のほうの内陸部で私は生まれたらしい。国名はタジキスタン、なのだけど、自分がタジク人だと思ったことは一度もない。私だけでなく、谷の村の全員がそうだったと思う。そもそもそういう教育すら行き届いていなかったし、それについて問題だと思った人もいなかった。

そんな感じで、今思えば小さな谷が私の知る全部だった。そしてある日、突然そこから放り出された。アメリカ軍の下請けとして働くことになった。兵士としてだ。もちろん、当時の私はなんの役にも立たなかった。泣かずに歩いたのが精一杯で、それだって夜中寝床に入ると駄目だった。毎日泣いていた。

私たちはそこで養父に会った。人の良すぎる人で、私たち全員をまとめて面倒見ると言って、実際にそうした。

ただ養父はお金を持っていなかったので私たちは相変わらず戦場で働くことになった。

それが悪い、という話ではない。それしかなかったのは私たちも、養父も同じ。他にうまい手があれば、それをやっていただろう。ただ、そうではなかった。それだけの話だ。

それで養父の話だ。

養父はとても人の善い人物だ。タジキスタンにも戦争にも、似つかわしくないように見えた。いつだったか、私たちは一緒だね。全然似合ってないよと言ったところ、養父は困った顔で、まったくそうだねと言っていた。そういうところは、とても母に似ていた。母もよく、困った顔でそう言っていたものだ。

おヒゲもないし養父は女性的だ。トヨタとソニーの国の出だという話だけど、その割に丈夫そうにも見えない。

養父は私たちを捨てれば幸せになるだろうに、そういう選択をしない。そういう意味では母よりも母らしいと思う。あの人に父を投影する人は多いけれど、私はそう思ったことはない。むしろ、母だと勝手に思っている。誰にも言わないし、言えないけれど。

その養父が、明日、皆を市場に連れていってくれるという。

どういう風の吹き回しかと思えば、一部の子が買い物をしたことがないと告白して、それなら練習だという話になったらしい。おつかいかと思ったが、そうでもないという。よく分からない話だ。

まあ、養父のやることだし、悪いことにはならないだろう。そう思って早めに寝ることにした。

ジブリールが、楽しみにしているのですねと言っている。そういうところは、とてもうるさい、違う、ウザいと思う。

ウザい。どういう意味だろう。大人はそんな言葉を使っちゃダメだと言うだけだ。ああでも、養父になら聞いてもいいかもしれない。あの人は私を怒ったりはしないだろうから。

市場と果物

ミャンマーという国は、私が元々いた国と全然違う。まず気温が違う。今の時分、谷の気温は最高でも一〇度かそこらだったろう。ところがミャンマーでは今の段階で二四度。このままだと三〇度を超えるという。二〇度以上も違うわけで、ここではみんな、年中夏の格好をしている。

それとここは湿度が高い。茶葉すら気付けば湿気ってしまう。よくもこんなところに人間が住んでいるものだと、最初は酷く驚いた覚えがある。それから二年くらい経ったか。今ではもう、慣れた。谷の寒さなど、滅多なことでは思い出さないくらい。

ところが今日は違った。市場に行くと聞いたせいで、谷のことを、母のことを思い出してしまった。

朝から嫌な気分……。

顔を洗いながら、そう思う。私を捨てた人をなぜ思い出すのか。これも神さまの思し召しだろうか。だとすれば、それになんの意味があるのだろう。

考えながら少し歩いて食堂についた。豚肉が出ないこの食堂は、実質私たちだけのものになっている。利用者は三〇人といないのではないだろうか。薄い板と頼りない鉄骨で作られた建物は、二日も掛けずに建てられたものだった。こんな建物でも、雪のないここでは十分という感じだ。

食卓について魚の油煮を食べる。見れば皆、朝からそわそわしていた。市場に行くとなって皆浮き足立っているらしい。

それくらいで何をしているのだか、と思っていたら、ジニがメーリムは緊張していますねと笑いながら言った。

……そんなことはない。と、思う。市場にはかつて、母と行ったことがある。おぼろげながら、何度か行ったはずだ。だから緊張することも楽しみにすることもない。

緊張するなんて、格好悪い。

ジニの気のせいだ。私はそう結論つけた。

すっかり慣れた感じで箸を使い、魚を食べながらジニを見る。赤毛のジニはいつものように屈託なく笑って、ジブリールと話をしている。

ジニはどんなときでも楽しそうだ。一人見た目が違っていても、それを気にすることも、鼻に掛けることもない。たまに言ってほしくないことも口にするけど悪意もなさそうで、まるで風の精霊のようだ。あるいは本当にそうかもしれない。

「市場、楽しみですね」

ジニはそう言って笑った。まるで小さい子のようだと思ったが、ジニはそういうことも気にしていないようだった。気にしてどうする、という雰囲気すらある。無敵だと思った。私なら恥ずかしくて死ぬ。

海で獲れたという魚を丹念に食べていると、待ちきれない子たちが、走って食堂を出るのが見えた。ジニも一緒に走っている。

残ったのは私とジブリールだけだ。かわいそうな姫君のジブリール。私は親に捨てられただけだけど、彼女は地位も未来もなくしている。

彼女は冷たい顔に見えるけど、私が小さな頃は色々と世話も焼いてくれていた。おぼろげだけど、覚えている。

ジブリールはジニと違って、落ち着いている、というよりも、市場に行くことにはなんの興味もない様子だ。元々市場に買い物に行くような立場の人ではなかったので、下々の仕事と理解しているのだろう。

でも、それはいいことなのだろうか。いつまでも姫君のつもりでは生きるのが大変ではないか。

私はジブリールに声を掛けることにした。

「姫様は買い物をしないのですか？」

そう言ったら、びっくりした顔をされた。私は下を向いた。子供みたいな自分の声が嫌だ。

「買い物、ですか」

ジブリールは初めて聞いたような感じでそんなことを言う。実際初めて聞いたのかもしれない。

いや、そんなはずがない。さっきジニと話をしていたのを見た。

となると、やはり自分では買い物をする前提にないのだろう。

「姫様なら、アラタになにかを頼まれるのではないですか？」

「どうでしょうか。あの人はそんな感じではありませんでした。ただ皆に買い食いをさせようとか、そういうことしか考えてないかと」

「姫様は買い食いは楽しみではないのですか？」

「メーリム、貴女（あなた）は小さかったから覚えていないかもしれませんが、戦争は貧しさを生みます。そして私たちはこの地でずっと戦争をしていました。あまり期待するのは、どうかと思います」

姫様は店の商品に期待できないと言った。それはそうだと思うけど、それをいうなら私たちはそもそもお金を持っていない。

まあでも、姫様の言うとおりかもしれない。

期待は厳禁。

期待……？　そもそも私はそんなものは持っていなかったはず。たぶん。

二人で黙っていると、シンが食堂に入ってきて、車を出すよと言ってきた。実にいい笑顔だった。シンは車さえ動かせればそれでいいのだろう。私たちは黙って従った。

車に揺られること一〇分でキャンプの出入り口についた。このあたりまではかつて戦闘があった場所で、木々も焼け落ちて今も名残がある。凄（すご）い勢いで新たに伸びる草木も、燃えかすまでは隠しきれないようだった。

この燃えかすを見ていると、以前の戦闘を思い出す。

私たちはかつてここから身一つで逃げ出したこともある。あのときはアラタもいなくてとても心細かった。それから一月ほどでアラタが帰ってきたときは、子供みたいにアラタに抱きついてしまったものだ。あれは今でも恥ずかしい。

顔をあげると、そのアラタが良い笑顔で立っていた。拡声器まで持っている。

「今日はみんなに買い物体験をして貰(もら)います」

そう言ったアラタは笑われている。皆が皆買い物をしたことがないわけではない。半分くらいは買い物をしたことがある。物々交換を入れれば、もっといるだろう。

アラタは笑われながら笑っている。もっと厳しいことを言っていいように思えるが、それではダメなのだろうか。

アラタをいじめないでと言おうとしたら、ジブリールが一目で皆を黙らせていた。怖い、というよりもすぐにも銃を発砲しそうな顔をしている。

ジブリールの凄いところは、それが冗談に見えないことだ。私も震えた。

「えーと、いや、笑っていいと思うよ。楽しくやろうね。買い物なんてへっちゃらさと思う子は、不慣れな子を助けること。あとジブリール、僕は大丈夫だから、威嚇しない」

ジブリールは恥ずかしそうに、そして怒った感じでそっぽを向いた。アラタは困った顔で笑ったあとで、気を取り直して拡声器を取った。

「これからお小遣いをあげるので、好きに買い物していいよ。相場は黒板に書いておくから、参考にしてね」

相場と言われてさっきまで笑っていた子の一部が首をひねった。私はなんとなく分かる。値引き交渉の目安だろう。つまり、ここの数字より安く買えば、勝ちということだ。小遣いを貰って黒板の前で腕を組んでいたら、ジニが笑いながら寄ってきた。

「メーリム、そんなに難しい顔をしないでも大丈夫ですよ?」

「何が大丈夫なのです?」

そう言ったら、また笑われた。幸い精霊に笑われてもあまり悔しくもない。ジニは、まさに精霊みたいだった。

「どうせ、外の露店は値札を取り替えています。そうですね。ここに書いてる値の二倍くらいになるでしょう」

「なぜそれが分かるの?」

「需要が増えれば値段はあがるのです。メーリムも勉強すれば分かるようになるでしょう」

勉強しろ、とは言わないあたりがジニらしい。ジニは人にしろとかやれとかはあまり言わない。ただ、人を思いどおりに動かす方法は命令だけではない。そういう女の技を、ジニは今の私と同じくらいのときから自在に使っている。

「それも女の技？」

「いいえ？　西洋では神の見えざる手と呼ぶようよ？」

なんとも不信心な名前をつけるあたりがアメリカらしい。いや、西洋というからヨーロッパだろうか。どちらにしてもろくでもない。

値段が倍かあ。

急にお金の価値が減ったような気がして、残念だ。こういうことをするのは神ではないと思う。アメリカが悪い。

それで、アラタに背を押されるようにキャンプを出た。キャンプから近くの街まで延びる道路には、たくさんの露店が並んでいた。規模こそ小さいが、ペルシアのバザールのようだった。

僅かな自慢。私は以前アラタに連れられてペルシアのバザールに行ったことがある。そこでナイフを作って貰った。それは今も、私の服の下にある。

「昨日までは何もなかったのに」

ジブリールがそう呟いたのが聞こえた。

確かに、そうだ。昨日までここは殺風景な……といってても緑はたくさんある……場所だった。

私の前にいたジニが微笑んでこっちを見た。

「アラタが集めたのでしょうね？」

そうだろうか。あの人はそういう権力の使い方を好まない気がする。

でも、だとすればどうやって。情報が漏れた？

横を見たらジブリールが同じように考え込む様子だった。やはり気になるよね。

その様子を見て、ジニが実に楽しげに笑っている。

「メーリム、ジブリールの真似をしないでもいいのですよ？」

「真似なんかしてません！」

「はいはい」

ジニは笑いながら私の額を指で伸ばした。皺がよっていたらしい。まるで子供のやりようだと思っていたが、ジニはそういうことを気にしないのだった。

ジブリールが顔をあげた。

「ちょっと確認をしてきます。二人は買い物をしてきて」

「え？　今から確認ですか」

いってらっしゃいとばかりにジニは手を振っている。ジブリールは悔しそうな顔をした後、走っていった。

「そこまで緊急の用件なの？」

私が尋ねると、ジニは私の頭を撫でた。

「大きくなったら分かりますよ？」

「これ以上大きくなったら山になります」

「そうなったら、遠くまで見えますね？」

ジニは楽しそうに私の手を取って歩いた。ああ、この人は私が面倒をみないといけないと思った瞬間だった。

駄目な姉とは、こういうことをいうのだろう。私がため息をつくと、ジニはさらに楽しそうに笑った。

「メーリム。いつも楽しそうに笑わないと幸運が逃げますよ？」

「そうでしょうか。クルアーンにもそんなことは書いてないと思います」

「それだけが知識の全てではないでしょう？」

それはそうだと思うのだが、してやられた感があって、悔しい。

不満の表明として頬を膨らませて歩いていたら、立っていたシンから、ジニ、メーリムをからかうなと言われた。シンは最近色々なことに口を出すので、ウザい。

ジニは気にもせずに何歩か歩いて、私の頭を撫でた。

「ほら、言ったとおりでしょう？　楽しそうに笑わないと」

そうかもしれない。

気を取り直して買い物をすることにする。

露店商はなんでも売るつもりらしく、私が考えつくよりもはるかに多くの種類のものがあった。

生きた猿まで……いた。

檻に入ってかわいそうだと思っていたら、同じことを思った子がいたらしく、商人に銃を向けて解放しろと言っている。

アラタが、何事か叫びながら走ってきた。

謝っている。お金を払って猿を買ったようだった。

「いいかい？　買い物というものは……銃を向けてはいけない」

アラタは真面目な顔でそう言ったが、違う、そうじゃないと言いたい。

シンがアラタに事情を説明して、アラタは困った顔でそうなんだけどねー、と言っている。猿は銃を向けた子が貰っていった。いいなあ。

「問題がありそうな物を見つけたら、まずは報告しましょうね？」

笑顔でジニがそう言って、シンとアラタを収めた。こういうときのジニは凄いと思う。アラタもジニの言うことはよく聞いている。

だからたぶん、私の手を引いて歩いてもいいのだろう。たぶん。

気を取り直して屋台を見て回る。ジニは楽しそうに、屋台を見て回っていた。

「食べ物の匂いがするね」

「さっき食べたばかりでしょう？」

そう言いながら、ジニは屋台を巡ってくれる。

キャンプでもたまにくるスープや、ライスヌードルの料理や、焼き鳥がある。猿の肉もあるという店には怖くて近づけなかった。

「何か欲しいものはありますか？」

ジニは笑顔で聞いてくる。私は怖かったと言った後、別のところを見た。猿の肉の店の近くには、寄りたくない。

「食べ物は危ないから別のにしよう？」

「そうですか？」

「猿は食べたくない。猿は食べたくない。豚肉だってあるかも」

「そうですねえ」

ジニはこういうときでも楽しそう。こういうときはちょっと怖い。猿とか笑顔で食べていたらどうしよう。

泣きそうになっていたら、ジニは私の頭を厳重に撫でた。

「アラタに、そういうことがないように言っておきましょうね」

「うん」

まったく、頷く以外にない。

鼻をぐすぐす言わせていたら、ジブリールがやってきた。他の子でごったがえすようなときも、ジブリールの周りには人が集まらないからすぐに分かる。

「アラタとはおしゃべりできましたか？」

ジニは笑いながら尋ねた。その言い方だと、まるでジブリールはアラタとおしゃべりしたいだけに聞こえるが、二人とも気にしていないようだった。

「そうですね」

ジブリールはすました顔でそう言ったあと、少し目を伏せた。

「一緒に店をパトロールしましょうと言ったのですが、猿を売る店があったらしく」

「あったよ！」

「そう。それで、銃を向けた者がいるらしく、アラタは慌てて仲裁に行きました」

「猿を売るほうが悪いと思うよ？」

「昔は中国やペルシアのバザールにも猿が売ってあったのです。食用や愛玩用に」

「酷い」

「ここは未開なのです。アラタは文化が違うと言っていましたが」

文化が違うと猿を食べることは許されるのだろうか。なまじ人に似ている分、豚と同じくらい嫌なのだけど。

ジブリールは軽くため息をついて、私の頭を撫でた。

「強く言っておきます」

それで三人で回ることにした。タバコが売ってある屋台があって、男の子たちが買っていた。アラタはタバコが嫌いなのだけど、隠れて吸っている子がいないわけではない。一〇〇人に一人か、それくらい。

意外だったのは真面目者のグエンがタバコを山ほど購入していたことだ。とても今回の小遣いでは買えない。そもそもグエンがタバコを吸っているところも見たことがない。

ジニやジブリールも気になったらしく、価格交渉するグエンに近づいていって、後ろから捕まえた。

「何をしているのですか」

「そうそう」

「見りゃ分かるだろ、買い物だよ」

「タバコを吸うのは禁止ですよ?」

「そもそも俺は吸わねえよ」

私はタバコの山を視(み)た。グエンは唸(うな)った後、私の方を見て説明を始めた。

「部隊から金を集めて、タバコを買ってるんだ」

「なんのためにですか?」

ジブリールが言うと、グエンは声を潜めた。

「ここだけの話だが、ミャンマーはタバコが安いんだよ。爆安だ。税金掛かってないからな。んで、ここで買って、タイで売る」

「タイに行く用事があるのですか」

「いつか行くかもしれないだろ」

「タバコは時間とともに味が落ちると言いますよ？」

ジニの一言で、グエンの計画は崩壊したようだった。真面目者のグエンががっくり肩を落とすので、私が頭を撫でてあげた。

悔しそうに声にならない声をあげ、グエンは背を伸ばした。

「次の商売の種を探す」

そう言って去っていった。さすが、真面目だ。私は追いかけた。

「猿でお金を儲(もう)けたらダメだよ」

「猿？」

「売ってあったのです」

「あー。喰(く)うところもあるらしいなあ」

ダメ、と大声で言ったら、グエンは私に笑いかけた。

「了解だ。誰にも買わせないようにするさ」

そう言って今度は堂々と歩いていった。

隣のジニを見上げると、楽しそう。私の視線に気付いて微笑みかけてきた。

「男を見る目はなかなかですね。メーリム」

「グエンが男なのを間違える人がいるのですか？」

「そういう意味ではありません」

そう言いながら、ジニは私を撫でた。楽しそうに。背が低いと撫でられてばかりだ。たまには私も撫でたい。グエンは撫でたけど、他の人も撫でたい。

店を見て回る。

美しいテーブルクロスやカーペットが売っていて、足が止まった。微妙な崩れかたから、機械編みでないことに気付いていてびっくりし、価格を見てさらにびっくりする。安い。どれも安い。

興奮してジニとジブリールを見上げると、二人ともびっくりした様子だった。そうだろう。故郷であれば一財産、結婚のときの花嫁道具として十分なものだった。ああでも、小物が少ない。こっちにはそういう文化がないのか。

あれ、これだけあればジブリールが嫁入りするときの道具が、賄える？　私の分まで間に合うかもしれない。

自分の顔が赤いことに気付いた。欲しい。凄く欲しい。

ああ。でもダメだ。

肩から提げた銃の重みで我に返る。

ちょっと足が止まったが、よく考えたら、使うあてもなかった。嫁入り以前の話として、そういう文化がない。

こんなもの、私たちに売ってどうするんだろう。案の定、まったくというほど売れていなかった。

そうなるよね。

でも壁に貼ったらいいだろうなあ。

そう思って眺めていたら、ジブリールの足も止まっていた。私たちの部族なら、みんなそんな感じになるだろう。家を美しい布で飾るのは、女の喜びだ。

でも、私たちにこれらを飾る家はない。宿舎は宿舎。家ではない。仮に持っていても、また中国軍がくるかもしれないし、そもそも私は明日死ぬかもしれない。

顔を横にしながら歩き出そうとして、不意に母を思い出した。

壁を飾る布をせっせと作っていた母。私を捨ててしまった母。

なんで私を捨てたのか、今でも思うときはある。どれだけ思っても考えても、意味はないのだけれど。

悲しい気持ちになって動けないでいると、名前を呼ばれた。

「メーリム、フルーツがありますよ?」

ジニだけは、カーペットにも嫁入りにも無縁のようだった。なんということもなく、いつもどおりジニは笑っている。ジニはカーペットより甘い物のほうが好きなようだ。

少し考える。私もそうかもしれない。

「わー。見る!」

ジブリールの手も取った。悲しくならないように。

ジブリールは少し笑って、そうですねと言った。

フルーツの店には色々なフルーツがあった。これだけ色々な種類があるのに葡萄がないというのが不思議だが、きっと暑すぎて育たないのだろう。かわりに故郷では滅多に見ないバナナや、見た事もない赤い果物があった。

どのフルーツも、そんなに高くもなかった。安くもないけど。ジニが言ったとおり、相場の二倍だ。

価格交渉をして半分に値切る。大勝ちした気で笑顔になっていると、ジニが、お店の作戦ですよと笑いながら言った。そういうことを言わなければ気持ち良く過ごせたのに。

購入したマンゴーを食べる。皮が簡単に手でむけるのは、熟しているからだろう。

よく熟れたマンゴーは甘みが強く、実はすぐに崩れた。もう少しで駄目になりそうな感じで、そのせいか余計に甘く感じた。

「この国ではマンゴーは買う物ではなく、拾うものだそうです」

ジニがどこからか仕入れてきた知識を披露した。なんでも一年中、手に入る果物なのだという。本当だろうか。残念ながら確かめる手段がない。

食べた後に満足したような気になって歩いていたら、急に悲しくなってきた。もう何年も経つのに自分には母がいないことが、どうしようもなく寂しく感じられたのだった。

変なの。

実のところ母親には怒りしかない。あの人は父とともに私を売り渡した。それだけの存在だ。

なのになんでこんなに悲しいのか。

唇を噛んで歩く。泣いたりはしない。あんな人のために泣きたくはない。

でも不思議だ。悲しい。

涙が落ちないように上を見上げたら、見下ろしてくる視線に気付いた。

心配そうにこちらを覗き込んでいる眼。濡れたような縮れ髪の大人の女。ホリー。

「ぼったくられたのかい？」

いいえ。と首を横に振っていたら、抱き上げられた。ホリーは私の背を優しく叩いて、大丈夫大丈夫と言った。

何が大丈夫なのか分からないけれど、涙が出るので胸に顔を埋めて泣いてしまった。

「どうしたんだい？」

今度は慌てた様子でアラタが言ってきた。走ってきたらしい。

泣いているところを見られたくないので顔を隠していたら、ホリーが私をかばった。

「何でもないよ。あんまり気にしないの」

「ホリー、そうは言ってもね」

「娘は色々ある、男親は深く立ち入らない」

「あ、はい。ああでも、僕にできることがあれば言ってくれ」

「心配性ね。分かったわ」

ホリーはうまくアラタをあしらってくれた。

「ありがとう」

小さい声でそう言ったら、いえいえ、どういたしましてと返された。

ホリーという人

買い物は二時間ほどで終わった。多くの子が、興奮気味で何を買ったのか自慢し合っている。

私は泣き止んで、降ろしてとホリーに言った。ホリーは、はいはいと応じて私を降ろしてくれた。

ホリーという人はミャンマーの政治家だ。その前は国連の職員をやっていた。あっさりした人で、格好良い女の人と言われることがあるらしい。

私は何度か顔を合わせたことがあるけれど、親しく話をしたことはなかった。

にもかかわらず、彼女は私に親切だ。どうしてだろう。

「なんで?」

「なにが?」

きょとんとした顔でホリーが尋ねる。私は少し考えて、どう言えば伝わるかを考えた。

「なんで私を助けたの?」

「泣いている子供なら誰でも助けていたと思うけどね……まあなんというか」

ホリーはそう言って、照れたように口を開いた。

「あのバカ(アラタ)の真似」

アラタはそんなことをするだろうか。している気はする。そうか。

恥ずかしくなってホリーを見上げる。

「泣いていたのは私だけだった？」

気になったことを聞いたら、笑われた。

「どうかしらね？」

私だけが泣いていたのだったら嫌だなあと思ったけれど、どうやら、私だけだったらしい。

「黙ってて……」

「分かったわ。安心しなさい」

「ありがとう」

「どういたしまして」

そう言った後、ホリーは楽しそうに笑った。

「何がおかしいの？」

「さっきも同じようなやりとりをしたから」

「そうだった？」

私が笑うと、ホリーも笑った。

「そう。それとね、私も昔は少女だったなあって」

「そうなの？」

「そうなのよ。小さいときは自分がおばさんになるなんて思ってもいなかったけど」

そうは言うけれど、ホリーはアラタよりずっと年下だと聞いたことがある。

「ホリーはおばさんじゃないよ」

「そう？　ありがとう」

ホリーは本当に嬉しそうに笑った。

その後、ホリーは私を連れて一足先にキャンプに戻った。

普段私たちが使わない大きな食堂に連れていかれる。一度に数百人が食事する場所は、今はがらんとしていて涼しかった。人が少ないのと炊事の火が消えているからだろう。

「お茶でもあればいいんだけどね」

そう言いながら、ホリーは水を出してくる。ペットボトル入りの水だった。フィルターがついていて繰り返し使うことができる。水溜まりの水や尿でも飲用可能になるという話だったが、私たちは試したことがない。もっぱら沢の水をこれに詰めて使っていた。アラタも使っているはず。

私は、いや、私も含めて皆はたくさん水を飲むように指導されていた。身体の不調が減るらしい。実際、統計という数字の上ではとても効果があるとイブンが言っていたのを思い出した。

「ここではお茶は食べるのでしょ？」

「確かにそうなんだけどね。私は留学中に飲むほうも覚えたの。紅茶だけど」

紅茶とそれ以外の違いを、私は知らない。それでなんとなく頷いていたら、苦笑された。単なるあいづちであることが見透かされたのかもしれない。

「どう、落ち着いた？」

頷いたら、微笑まれた。ホリーといると心がふわふわする。

「人間どこで感情が爆発するかなんて、分からないものよ。だから心配しないでもいいわ」

「どこかの賢人の言葉？」

「私の経験だけど？」

そう言って、ホリーはふふっと笑った。私の頭を撫でる。

「昔の賢人より今の先輩のほうがあてになると思うわよ？」

「いえ……良い言葉だと思った……ので」

「そう、ありがとう」

そう言ってホリーは天井についている大きな扇風機を見上げた。すぐにこっちを見る。

「もっと大人が必要なのよね。全然なり手がいないんだけど」

「大人をなんに使うんですか？」

ホリーは驚いた顔になった後、すぐに苦笑した。

「なかなか斬新な質問ね」

「変な質問？」

「いいえ。当事者なら当然かもしれないわ。私もアラタも、今日みたいなことがあったときに皆をフォローをする大人が欲しいと思っているの」

「ジニがいますよ？」

「そうなのだけどね。ジニだけじゃ足りなくて。そもそもジニだって泣いちゃうかもしれないし」

「ジニが泣くなんて想像もできないなあ」

「そう？」

「はい」

ホリーは腕を組んで面白いと親切の間を表情で行ったり来たりした。

最終的に面白いほうが勝ったらしい。ホリーは私を見て、にんまりと笑って顔を近づけた。

「今回私を呼んだのはジニだったんだけど」

「はい」

だろうな、とは思った。やるなら彼女だろう。ジブリールならアラタを呼ぶ。実際にすぐにアラタが来ている。

「そのとき、ジニは泣きそうだったわよ。ホリー、助けてって」

「……ええ……」

本当だろうか。想像もつかない。見間違いじゃなかろうか。

考えている事は表情に出ていたようで、ホリーは見間違いじゃないわよ、と言った。そうだろうか。

想像もつかない物は本当に想像もできない。それで私は別のことを話すことにした。

「改めてありがとう」

「偉いのね、ちゃんとお礼ができるなんて」

「そう？」

それを褒められるとは思わなかった。そんなこと、ジニだってできる。

「同じ頃の私はできたかなあ。人と話すのが怖くて、母の後ろに隠れていたかもしれないわ」

「そういうことは秘密にしないでもいいの？」

「秘密？」

ホリーはそう返して、遠くを見るような目つきをした。ここではない遠いどこかを眺めている様子。

「そうね。昔だったら厳重な秘密にしていたかも。日記に書いて封印していたかもしれないわね」

私はホリーの横顔を見ながら口を開いた。

「なんで秘密にしないの？」

「そうね……これが大人になったということかもしれないけれど、当時の私に言っても納得できないだろうからなあ」

そう言うホリーは、確かにかつて少女だったようだった。物憂(ものう)げに考えた後で、それらを吹き飛ばすように微笑んだ。

「ここだけの話だけど、大人になると恥ずかしいポイントが変わるのよ」

「ポイント？」

「そう、恥ずかしいと思うところが変わるのよ。しかも大人はそれを大体覚えてないの。だから、無理解な大人が増える」

「そう……なの？」

「そうなのよ。大人になると自分が泣いたとかどうでもよくなるのよね。他方で他人が、特に子供が泣いているのを見ると放っておけなくなる」

なるほど。と言えずに私は頷いた。なにせ大人になったことがないので、それが本当なのかは想像もつかない。

とはいえ、ホリーが真摯に答えてくれているであろうことは私にも分かる。それで私は、頷いた。

「分かった。覚えておくわ」

「そうしておくと、大人とのやりとりで不満を持つことが少なくなるかもね。知識は不満を減らすわ」

「それは根本的な解決？」

「ふむ。難しいことを言うわね。まあでも、確かにそのとおりかも。知識があって相手の事情が分かるからって、不満は不満のままかもしれないわね。でも分かった上でなら、何かやりようがあるのではないか、と私はそう思うのだけど」

それは分かる。それで、声に出してそう言った。

ホリーは頷いて、身を乗り出して私の頭を撫でた。

「凄いのね。メーリム、頭がいい。あなたはギフテッドかも」

「ギフテッド？」

「神さまから特別な贈り物を与えられた者？　まあ、頭が特別に良い人かしら」

「神さまは誰にも平等だよ？」

それは故郷の村で繰り返し教えられてきたことだ。嘘だとも思えない。私の知る限りでもっとも敬虔な人であるアラタなど、経典の聖句一つも満足には知らないが、私たちに可能な限り平等に接しようとしている。一方で一番信仰から縁遠いジニも平等を意識して動いているように思える。つまり自然がそうなのだ。神の意志は疑うべくもない。経典の一部を共有するキリスト教やユダヤ教も同じであろう。

私がその旨を伝えると、ホリーはちょーっと待ってねと目を白黒させたあと、腕を組んで本格的に考え出した。

ホリーの生きてきたところには神の教えが歪んで伝わっているのだろうかと気になったが、それ以外の理由もあるかもしれない。

ホリーはようやく喋(しゃべ)り出した。

「ええとね、いや、本当にメーリム、貴方はギフテッドというか、その言い方が嫌いなら凄い才能があるのかもしれないわ」

「才能って、知らない」

そんな言葉は聞いたこともない。そう伝えると、ホリーは打ちのめされたような顔をした。

「もしかして、あなたたちはみんなそうなの？　才能って言葉知らない？」

「少なくとも村にはなかったよ」

ホリーはショックを受けた顔をしている。よく分からない。ジブリールに聞いてみよう。話しやすさからするとジニに聞いてもいいけれど、ジニは外から情報を仕入れているかもしれないからあまりあてにならない。

そんなこんなでホリーと水を飲んでいたら、皆が帰ってきた。

ホリーは大丈夫と小声で尋ねた後、私の顔を見てじゃあ、行くわねと言って席を立つと出ていった。

皆が色々なものを買ったらしく、食堂の机の上に並べて自分の買い物を自慢している。

並んでいる品物の種類を見るからにそれにしても色々な店があった。アラタは、無理をしたのだろうと思われた。

泣いて、悪いことをしたなあと思う反面、なぜ泣いたかを話すのがつらくて、結局何も言わないことにした。アラタは忙しいので、そのうち忘れるだろうと思った。

ところが、そうでもなかった。

数日後の朝、いつものようにムスリム用の小さな食堂で食事をしていると、ジニが笑いながら、こんなことを喋り出した。

「アラタが心を痛めていましたよ？」

「何について？」

「メーリムが泣いていたって」

忘れていなかったのかと、少しがっかりした。何年も先になって、あのとき泣き出して困ったとか言われたら、酷く恥ずかしい気分になるだろう。それで私は顔をしかめた。

ジニは微笑みながら、そんな顔をしないでも大丈夫ですよ？　と言った。

「なにが大丈夫なの？」

「アラタはメーリムをからかったりしません」

そうなのだろうか。そうかもしれない。アラタが善い人であることは、よく知っている。それはそれとして、子供みたいに泣いていたと思われるのは恥ずかしい。

「そうだけど！　恥ずかしいの！」

そう言ったら、笑われた。優しい笑いだったとは思うのだが、それはそれとして傷ついた。

それで感情のまま、ジニなんか大っ嫌い、おたんこなす！　と言ってしまった。後悔したがもう遅い。放った言葉は口の中に戻せない。

私は走って逃げた。怒られるというよりも傷ついたジニの顔を見たくなかった。

○

ああ、私はなんてことをしたのだろう。

遠く離れた宿舎の並ぶ一角で、私は頭を抱えた。小さな丸い友が、心配そうにやってきたので頭を撫でる。

頭に布を被ったこの小さな丸い友には覚えがある。ジブリールがかわいそうと傷にあてた布だ。

私が頭を撫でると、小さな丸い友は満足したのか離れていった。

膝を抱いて座り込んで考えないようにじっとしていると、メーリム？　と私の名前を呼ぶ声が聞こえた。

ホリーだった。軽く息が上がっている。

「どうしたの？」

「それはこっちのセリフよ。なんでこんなところに」

私はなんというか考えたあとに、正直に白状することにした。

「ジニに酷いことを言ってしまったの」

「なるほど」

ホリーはどこか安心した様子で私の横に座り込んだ。空を見上げながら息を整えている。

「ねえ、やっぱりどうしたの？　息、上がっているよ？」

「それはもう、なんというか」

ホリーは私の方を見て、私の頭を撫でた。

「あのバカと喧嘩してたのよ」

「アラタと？」

「そう。というか、いつもそんな感じ」

憂鬱そうにホリーは言った。思い出したのか、物憂げな様子。

「何で喧嘩したの？」

「喧嘩の理由？　ささいなことよ。たぶんね。一緒に朝食は摂ると約束したのにばっちり忘れたとか」

「ホリーが忘れたの？」

「そんなわけないでしょ」

そう言った後、ホリーは長いため息。

「あのバカ、心配しないでいいと言ってるのにメーリムのことを気にしてて」

「えぇ……」

「メーリムが気にすることはないわよ？」

「気にするよ？」

「まあ、それもそうか。でもまあ、アラタが悪いわ。あいつ、私の言うこと全部無視して、メーリムが傷ついたらどうしようとか心配してるんだもの」

アラタにはそういうところがある。子供が何千人いても同じなのだ。

「うーん。アラタは、そういう人だから」

「分かってるけどむかつくのはむかつくのよ」

自分の姿を見せられているようで、私は閉口した。

まさか……、狙ってやっている？

そう思ってホリーを見るが、本気で怒っている様子。演技には到底見えない。それで私は、息をついた。

「アラタに会ってくる」

「会ってどうするのよ」

「元気だよって言う」

「気にしないでも良いと思うけどね？」

「でも、心配しているし。そのあとでジニにも謝るわ」

ホリーは感心したように息を吐き出した。

「偉いわね……というよりも、私より偉いわ」

「そんなことない」

ホリーは格好良いのに、アラタに関することになると急に格好悪くなる。というよりも駄目になる。しかし、これを指摘していいのかどうか。

考えながらアラタの下へ向かう。ホリーもついてくるようだった。アラタと喧嘩しないとよいのだけれど。

アラタはいつもの掘っ立て小屋ではなく、その前でうろうろしていた。私を見るなり駆け寄ってきた。

「やあ、メーリム。奇遇だね」

ホリーの方を見上げる。ホリーは顔に手を当てて、もの凄い失敗を目の当たりにしたかのよう。よく分からない。いや、そうか。きっと、奇遇という分かりやすい嘘をついたのに幻滅しているのだろう。でもこれは仕方ないように見える。

アラタは嘘をつけない。またその必要もない。善人であるアラタが嘘をつかねばならないということ自体が良くない、と思う。

私はアラタに抱きついて、耳元で詫(わ)びを口にすることにした。謝りの言葉を他の人に聞かせることはしたくない。

「ごめんなさい。心配させました」

「いや。心配はいいんだ。原因が気になるというか、違うな。今後は泣かせたくないんだ。どうすればいい?」

原因究明よりも私のことを優先させてくれている。アラタという人物は良い養父だ。それは間違いない。にもかかわらず、母かそれに類するものが欲しいというのは、どういうことだろう。自分の欲深さにおののく。

「……何もしないでいいです。これは私の問題だから」

そう言ったら、そうかと優しく撫でられた。ジニともホリーとも違う撫で方だった。宝物の撫で方だ。

「ホリーもありがとう」

「すまん」

「心配しすぎなのよ。小さい子にまで気を遣わせないで」

ジブリールならそんなことはないとホリーに食って掛かるだろう。私はそんなことをしない。

私は身を離すとホリーにも抱きついた。ホリーが私を抱き上げる。

「ホリーもごめんなさい。でも喧嘩しないで」

「しないわ。分かった」

そう言いながら、顔はアラタを向いて怒っている。私がぎゅっとすると、ようやく眉を下げた。

「はぁ、嫌になるわ。なんでこんな良い子を戦場に置かないといけないのかしら」

「みんな貧乏が悪い」

アラタはそう言った。いつもの口癖だ。アラタだって私たちを戦わせたくて戦わせているわけではない。その証拠に、小さな丸い友が来てからはアラタは私たちを可能な限り前線に出さないようにしている。それについて文句を言うシンやイブンのほうが悪い。ホリーも良くない。言葉のどこかにアラタに対する怒りが籠っている。

お金がないと言いながら小遣いを用意しているアラタは偉い。なぜそれが分からないのか。

「貧乏が悪い」

私も同じことを言うと、アラタとホリーは私を大事そうに撫でた。

貧乏は悪いけど、こうしているのは嫌いじゃない。

えへへと笑っていたら、そういえばとホリーが喋り出した。だんだん風向きが怪しくなっていく。

また、才能という私たちにない言葉だ。

私の頭の上で、ホリーが真剣そうな顔をしている。

「メーリムは頭がいいかもしれないわ。それも、格別に」

「そうなのかい?」

ホリーの言葉に、アラタが身を乗り出した。頭がいいからどうしたのだろうと思っていたら、二人で良い学校に行かせようとか、私の望まないほうに話が盛上がっていっている。

そこで、二人の邪魔をした。割って入った。

「違う、そうじゃない」

不思議そうな二人に、私は言葉を続けた。

「私はそんなこと望んでいない」

二人が並んで頷いた。

「そうなのかい？　でも、勿体ない気がする」

アラタが言うと、ホリーが言葉を継いだ。

「それ以前に、メーリムが何をしたいのか、聞いてみるのはどう？」

「そうかそれもそうだね」

アラタは頷いて私の方を見た。

「じゃあ、改めて、メーリムはどうしたい？」

「ええと。みんなと一緒にいたい」

「うんうん。他には？」

「家を綺麗な布で飾りたい」

「なるほど。なるほどー」

アラタが腕を組んで難しい顔をした。

「家は嘘。みんなと一緒ならそれでいい。それだけでいい」

慌てて言うと、アラタはびっくりして手を振った。

「ああいや、そういうつもりじゃない。大丈夫。みんなと離ればなれになんかしないよ。ジニが悲しがるしね」

「ジニが？」

「ジブリールもだけどね。みんながばらばらになるのを嫌がって、それで自分たちの進路を自分たちで決められるようになるまでは一緒にいられるようにしているんだよ。メーリムは小さいから、ニルヴァーナに置く案もあったんだけど」

「みんなも一緒がいい！」

捨てられないように抱きついて言ったら、アラタはうんうんと頷いて、私の頭を撫でた。

「分かってるよ。もう昔の話さ」

アラタはそう言った後、少し考えた。

「勉強が嫌いじゃなければ、少しやってみるかい？」

「いつも勉強している」

「いつもより少し難しめなやつを」

「それならやってもいい。でも出来が悪くて怒るのはやめてほしい」

「そりゃそうだ。大丈夫。それで勉強が好きだったら、また考えよう」

「勉強が好きってありえるの？」

「うーん。そう言われると僕も勉強が嫌いだったんで言い切ることは難しいんだが、得意だったり好きだったりする子は確かにいたよ」

「そうなの？」

勉強とは仕方なくするもの、そういうイメージがあったから、少し不思議ではあった。

「得意なことは楽しいときがあるからねえ。ともあれ、もしもメーリムがそういう子だったときのために、準備をすることは良いことだと思うんだよ」

そう言われればそうかもしれない。少なくともアラタは無理強いを考えてない様子でよかった。

ホリーを見るとホリーも概（おおむ）ね同じような感じらしい。よかった。

ジニに謝る

はあ。酷い目にあった。酷い目？　それも違う気がする。でも疲れたのは間違いない。

大人はなまじ力を持っているので、扱いを間違えると大変な事になる。

問題なのはこれでもまだ終わってないこと。

今度はジニに会いにいかないといけない。

しばらく歩いて、自分の足が止まっている事に気付く。ジニに謝ることは簡単だが、つらい。

なぜつらいのだろう。ジニが怒るから？　それはない気がする。

ジニが謝罪を受け入れない？　それもないと思う。

よく分からないまま、いつの間にか日が暮れてしまった。私はジニに見つからないように宿舎に帰る方法がないか探したが、思いつかなかった。

諦めよう。諦めて、ジニに会う。謝る。

なんでその勇気が出ないのか、そう思いながら宿舎に入る。ジニが見当たらないのでこれ幸いとベッドに入った。二段ベッドの下がジニで私が上だから、これは丁度いい。

ジニが私を探しているとかだったら嫌だなと、少し思った。

まあいい。明日だ。明日になったらジニに謝る。そして自分への罰として勉強しよう。アラタの期待に応えてもいいかもしれない。

毛布を被るには暑いので顔だけ被っていたら、そのまま就寝時間になってしまった。

少しばかり落ち着いてきたので、私は自分を見つめ直した。

正確には悶々(もんもん)として眠れず、寝床で埒(らち)もないことを考えた。ジニが帰ってこない。どうしたんだろう。何かあれば即座に連絡するし、アラタが見ているだろうから大丈夫と思うのだけれど。

キャンプ・ハキムはとても大きい。故郷の村の規模よりずっと大きい。四〇〇〇人以上もいるのだから当然だ。キャンプ内で日が暮れて別のところで泊まる、なんてことは結構ある。今日のジニもその口だろう。

案外どこかで笑っているのかもしれない。

ジニは、そういうところがある。大体どんなところでも、幸せそうにしている。うらやましい気がする。気がするというのは、ちょっと自信がないせい。幸せそうにしているかわりに少なからぬ代償を払っている気もする。口を開けて笑っているのを見ると、自信がなくなるけど。

まあいい。ジニは置いておこう。明日謝る。それはもう決めた。

私が欲しいのは何か。数日前の買い物で、母が欲しいのかもしれないと、ちょっと思ってしまった。そしてそれは、さすがに店に売ってなかった。売ってたら大変だ。

重要なのは買うとか買えないとか、そういう話ではなく、母を欲しいと思う私の心の問題だ。母には怒りしかないのに、なんで母が欲しいと思ったのか。自分で自分が不思議だ。

どうしてそう思ったのか。

ホリーを思い出して、ああいう母が欲しかったのかなあと思う。

ホリーが母。

なんか違う気がする。

ホリーは格好良い人、というのは嘘ではない。そう格好良い。でも格好がいいというのは、母というものとは違う気もする。それじゃあ私が欲しいものってなんだろう。よく分からなくなる。

割とどうしようもないことで悩んでいたら、揺り起こされた。最初から起きていたけれど。

起こしに来たのは、ジブリールだった。深く憂いを帯びた目をしていた。

「なに？」

「ジニが戻らないの」

私は勢いよく起き上がった。考えたくなかったが、ジニの身に何かあったのかもしれない。

「アラタに連絡は？」

「しました。今は返事待ちです」

良かった、とは言えない。私もそうだが不安なのだろう。ジブリールは髪を揺らしてもうっ、と言っている。

「どこか探す？」

「アラタの返事次第です」

「そう、だよね」

ジブリールの苛立ち(いらだ)と心配は、他の子にも伝染している。隣の部屋が静かなところを見ると、男子にはまだ連絡が行ってないのだろう。もしも連絡が行っていたら、シンが大騒ぎして捜索隊を編制しているはず。ウザいのだ。とにかく。

ウザいって、使い方合っているかな。

考えていたら、ジブリールはIイルミネーターをつけてジニにコールしている。我慢できなくなったらしい。ほどなく下のベッドでバイブレーションが起きている。

「携帯義務違反！」

「怒らないで」

私が言うと、ジブリールは唸った。不満らしいが、一応は大人しくなったようだ。ジニ、どこに行ったんだろう。

考えたくない可能性。ジニが帰ってこないのは私のせい？

だとすれば、私の罪はとても重い。

涙が出た。

「ど、どうしよう。私のせいかも」

「え？」

びっくりしたのはジブリールだ。私を起こしに来たくらいだから事情を知っていると思ったのだが。

「私のせいだ」

「落ち着きなさい。メーリム。どういう事情ですか」

私は事情を話した。大嫌いだと言ったこと、おたんこなすまで言ったこと。恥ずかしかったのでそう言ってしまったこと。

ジブリールは全部を聞いた後で、難しそうな顔をした。怒る以外は基本的に表情が変わらない人なので、これはとても珍しい。

「メーリム、話を聞く限りではジニが帰ってこない理由にはならないと思います」

「でも」

「恥ずかしい、で大嫌い、でしょう？　それくらいの悪口、ジニも私も聞き慣れています。これまでアメリカや、中国から、もっと酷い言葉だって掛けられたことはあるでしょう？　そういうことです」

「でもでも」

ジブリールはふと笑って、私の頭を撫でた。

「あまり心配しないで。もし非があるとすれば謝って贖罪すればいいだけです。必要なら手伝います」

ジブリールのそういう凛としたところはとても姫様だ。でも今の問題はそれではない。

「ジニ、ジニはどこ」

私が探しに行こうとするのを、ジブリールが手を引いて止めた。

「私がメーリムに声を掛けたのは、二人とも昼間にいなかったので、てっきり二人一緒にいたのだろうと思ったせいです」

「違います。私はジニに顔を見せられなくて、隠れていました」

「なるほど。ジニも困ったものですね、メーリムを悲しませるなんて」

「ジニは悪くありません。悪いのは私です‼」

「大声を出さないで」

いつの間にか立場が逆になってしまった。落ち着くために一度黙るが、無理だった。涙が溢れて止まらない。ジブリールがため息の後で私を抱きしめた。

「大丈夫。悪い者は小さな丸い友が取り締まっていますから」

外で軽い物音が聞こえた。ジブリールが私を抱きしめたまま振り向いて見ている。私も外を見たい。頑張ってジブリールの脇に顔を出すことができた。

ジブリールの布をつけた小さな丸い友だった。細い作業用の手を伸ばして左右に振っている。

「こんな夜分にどうしたんでしょう」

ジブリールがそう言った。私を放して小さな丸い友のところに行く。私もついていった。

近づくと、小さな丸い友は手紙を持っていた。

ジブリールが手紙を読む中、私は背伸びして覗き込んだ。


〝アラタです。ジニはこっちで預かってるから心配しないでください〟

〝ホリーもいるので大丈夫〟

〝明日、朝にでも来てね〟


それだけだった。私とジブリールは顔を見合わせた。

見る間に、ジブリールの機嫌がどんどん悪くなっていった。ジブリールはアラタの妻の座を狙っているので、こういうことにはとても敏感だ。今すぐアラタの寝所へ突撃しそうなジブリールを羽交い締めにする。羽交い締めにしたまま歩かれて困る。

「落ち着いて」

「落ち着いていいます。ただジニに許されて私に許されないことはないと思っただけです」

「それを落ち着いてないと言うと思う！」

ふふふと、ジブリールは笑った。恐ろしい笑い声だった。身の毛がよだちそう。アラタ、逃げて。

その後は部屋の全員でジブリールをなだめた。こういうところは本当に姫様だ。生まれはどうにも変えられないらしい。


翌朝。

ジブリールがおかしくなったので私はかえって冷静になった。謝ろうと素直に考えることができた。

ジブリールは起きた瞬間にアラタのところへ突撃しようとするので、止める。

「朝食前に行くにしても、身だしなみを整えよう？」

「そうでした」

ジブリールは良い下着を選んで着ると丹念に髪を梳(くしけず)って頭を軽く振った。被り物をつける。

「行きます！」

部屋の皆から、苦労しているねという目で見られながら、ジブリールについていく。いつもならこの役目をジニがやっていることを思い出した。

そうか、ジニはジブリールをそれとなく守っていたのだなということに今更気付く。

少なくともジニと一緒なら、ジブリールは奇行というよりも遊んでいるように見える。ジニがからかったんだろうと周囲は思う。

ああいう雰囲気は大事なのだな。同じように私もそれとなく守ってくれていたのだろう。それなのに私はなんと心ないことを言ってしまったのか。

深く反省して、ジニの心配りを嬉しく、ありがたいと思った。

顔をあげる。ジブリールは早歩きをやめて走っている。ついていくのが大変だ。ジブリールは走るのが異常に速い。恐怖心がないようで速度を落とすようなところでもまったく躊躇しない。戦闘のときも突出して危ないときがかなりある。

私もジブリールを守れるようになろう。ジニが楽になるに違いない。

アラタの掘っ立て小屋が見えた。いつもドアが開いている建物で、今日も扉が開いていた。教育のためにとノックすることを指導しているが、あまりうまく行ってない。

足音のせいか、アラタがドアから顔を出した。ジニもひょっこり顔を出す。ホリーもいた。実際には、アラタではなくホリーがジニの世話をしていたのだろう。

ジニは私の姿を見つけるとホリーの後ろに隠れた。心が痛い。でも走る。ジブリールについてきていてよかった。この速度なら後悔する暇もない。

ジブリールが、アラタに体当たりした。ぐえぇというアラタの声が聞こえた気がした。ホリーとジニが一歩左に避けたのが見える。

気持ちは分かる。酷いとは思うけど。

私は足を止めた。体当たりはしない。かわりに頭を下げた。勢いよく頭を下げた。

「ジニ、ごめんなさい！」

他はどうかは知らないけれど、少なくとも私たちの故郷では公の場で謝るのは、とても許容できない屈辱だ。裸を見られるより恥ずかしい。それでも、詫びた。これしかないと思った。

頭を下げて一〇秒待つ。

おずおずとした手つきで、ジニが私に抱きついた。

ジニが泣いている。初めて見たジニの泣き顔、心細そうにしていた。

私はジニを勘違いしていたようだった。ジニは精霊かなにかで傷つくことなんてないと思い込んでいた。

それでお互い抱き合って泣いた。ホリーはどうしようかと悩んだあとで、私たちを放っておくことにしたようだ。

「ジブリール、何してるのよ？」

「不実をなじっていたのです」

「今回についてはアラタは何もしてないわよ？」

「では私が抱きつきたいだけです。気にしないでください」

「気にするに決まってるでしょ、昼間からなにしてるの。アラタも！」

「いや、僕は結構全力で引き離そうとしてるよね？　そう見えない？」

「喜んでるように見えるわ」

「……絶対嘘だ」

間が空いているのが良くなかったらしい。ホリーが怒っている。私とジニは抱き合ったまま顔を見合わせて、笑ってしまった。

ジブリールが場を和ませてくれたとは思わないが、助かったような気にはなった。

○

それで、仲直りできた。ジニはやはり嫌われたのにショックを受けていたらしい。私は何度も謝った。もう許されているけれど、謝らなければならないと思ったのだった。

「昨日、なんで宿舎に帰らなかったの？」

「涙で目が腫れていたのです。その姿を見せるのは卑怯（ひきょう）だと思いました」

ジニの説明で、私は再度悪いことをした気になった。相手が傷ついていないと勝手に思っていた自分が恥ずかしい。

反省しよう。同じ失敗は繰り返さない。それだけが私にできることだと思う。

ホリーは頃合いを測っていたのか、朝食を食べましょうと言ってきた。そのときにはジブリールも落ち着いていた。アラタに頭を撫でて貰うことで手を打ったらしい。

私と、ジニと、ホリーとジブリール、アラタと一緒に食事する。アラタは居心地悪そうだ。理由は分からない。ホリーとジブリールに挟まれているからかもしれない。

豆と鶏肉（とりにく）をトマトで煮たものだ。香辛料を減らしていけば故郷の味に近づくかもしれない。

「そういえば」

ジニが口を開いた。

「私が泣いていたときに、ジブリールの小さな丸い友が来ましたよ？　あの布をつけている子です」

「私が泣いているときも来ました」

私も追随する。ジブリールはあの子は恩義を忘れないのですと、自分のことのように自慢した。その横で、アラタの目が泳いでいる。急に何かが繋（つな）がった気がした。自慢しているジブリールの手前、言うのが憚（はばか）られて黙っていたが。

食事が終わった後、アラタにくっつきたがるジブリールを置いて、ジニと二人で宿舎に戻ることになった。皆心配しているのは間違いない。

「アラタですね？」

ジニが言ったので、私は頷いた。

「うん。あの小さな丸い友で、私たちを探したのだと思う」

「気に掛けていたんでしょうね？」

「うん。間違いないと思う」

私が泣いていることを酷く気にしていたアラタのことだ。自分が出ていくとホリーから怒られると思って、小さな丸い友を使わせたに違いない。

「過保護ですね」

ジニは気恥ずかしそうに笑った。

「父よりも父である、養父ですから」

そう言ったら、ジニの顔が少し曇ったので、ちょっと慌てた。

「わ、私、な、なにか失敗した？」

「いいえ。メーリムは何も失敗してませんよ？」

ジニはそう言った後で、少しだけ笑った。私の耳元に顔を寄せる。

「なになに？」

「私はアラタを夫にしたいのです」

「えー」

ジブリールはさておき、ジニまで？　と思ったが、ジニは至って真面目そうだった。そんな顔をされると反対できない。

「ええと、それとさっきの顔になんの関係が？」

「アラタが、私を娘のように扱うことに、時々胸の痛みを覚えます」

アラタに文句を言おうと、私は思った。それと同時にジブリールの奇行にも説明がついたような気分になる。ジブリールはアラタに娘としてではなく女として認めて貰いたいので色々無茶をしているのであろう。なるほど完全に分かった。

アラタには今度、厳重に言い聞かせなければならない。

それと同時に、ホリーのことが気になった。ホリーは実質的にアラタの妻だ。新しい妻を迎えるにしてもホリーの許可がいる。

楽しい想像。ホリーとジニが母になって私が娘になるというのは、とても楽しそう。アラタも実質母親みたいな存在なので、母が一人減って三人増えた感じになる。これはとても良いことのように思えた。

そうなるといいなと思って、私はジニの手を取った。

「きっとなれるよ」

「はい」

「いつも楽しそうに笑わないと幸運が逃げますからね」

私が言うと、ジニはそうですねと笑って返した。

アラタの章

M.O.F.

MARGINAL OPERATION
FRAGMENTS III_01

他人事(ひとごと)から始まる日

ミャンマーは今日も平和だ。

二月の今日は最高気温が三二度。まあまあ暑いが、東京ほどではない。遠くに見える木漏れ日が美しい。

僕は今、長めの休暇みたいな状況にある。新田良太(あらたりょうた)にも春が来た……というには暑いな。

まあそんな状況にもかかわらず、日本政府からお金は貰(もら)える。素晴らしい。養育費にも食費にも困らない。この世の天国だ。世界中で僕が一番幸せなんじゃないかな。

こと、ここにくるまで色々あったけど、それを吹き飛ばすような平穏だ。いやー、生きてて良かった。あとは死んでしまった子供たちの墓参りをしながら、残る子供たちの成長を見守る、そんな感じでいい。

人生上がった感じで日々にこにこしていたら、若返りましたねとジブリールに言われた。若返ったというのは置いておいて、過度のストレスでやつれていたのは確かだろう。つまりどういうことかというと、今は幸せだ。

「そういうの、フラグっていうんじゃないですか。鬼子母神(きしもじん)さん」

遊びに来たイトウさんが、そんなことを言う。

「嫌なことを言いますね。イトウさん」

そう言いながら、イトウさんの顔色を窺う。幸い、真面目そうな顔ではなかった。もっともイトウさんは表情を読むことができない人だから安心はできないが。

「なにか嫌な情報でも？」

「いーえー」

イトウさんは手をひらひらさせてそう言った後、真顔になった。

「でも」

「はい」

「緩みきったアラタさんの顔を見ていると、意地悪したくなりますね」

「力一杯やめてください」

「あはは。そうですね。まあでも、良いと思いますよ。普通に考えれば、戦争なんてもうたくさん。みんなそう思うでしょうから」

「まったくです」

中国軍がタイに進軍した際、多数の映像が撮影された。スマホさえあれば誰だってカメラマンになり、ジャーナリストになれる時代だ。当然、中国軍の乱暴狼藉や戦闘の悲惨さが世界中に宣伝されることになった。

まあ、原因の一端を作ったのは僕だけどね。とはいえ、だがしかし、あのときは仕方なかった。だって手を引くとか言われるんだもの。思い出したら腹が立ってきたぞ。

そのことを素早く読み取ってか、イトウさんが急に肩を揉みましょうかタバコに火をつけましょうかとか言い出した。

顔が整っているのに、そういうところが残念な人だな、と思わなくもない。いいけれど。

しかしこのとき、僕は、いや、イトウさんも勘違いしていたのだ。

イトウさんの、普通に考えれば、戦争なんてもうたくさん、その言葉こそが、フラグだったのだと。

○

イトウさんと観客のいない漫才をして、ホリーと悪口の交換会をしながら一緒に食事をして、ジブリールの頭を撫でていたら一日が終わってしまった。実に有意義だった。仕事は多いが制御不能というほどでもない。くず鉄を再生して販売する目処も立ちそうではある。

万事、快調。問題なし。最高じゃないか。

よし、寝よう。この歳になると寝るのが楽しい。

幸いミャンマーの田舎にいると、夜が早い。傭兵業なんてやってるとなおさらだ。こんなことを書くと夜襲はどうしたと言われそうだが、残念、ここ最近は発砲事件すら起きてないのだった。

それで今日も良い日だと高いびきで眠っていたら、たたき起こされた。

久しぶりの緊急警報で目がさめる。なんだなんだと思って、無意識にＩイルミネーターを掛ける。戦術ネットワークには何も上がってないが、日本中に配備された自衛隊が活性化して警戒レベルを一つあげたのが確認できた。

どこかのバカが日本本土に攻撃したのか？　しかし、それだったら戦術ネットワークに情報が入るはずだ。戦術レベルまで落ちてない状況かなと思っていたらイトウさんからコールがあった。

腕時計を見る。時刻は二二時半。当然、周囲は真っ暗だ。

「どうしました？」

身体(からだ)が勝手に戦争モードになる。血圧がどんどん上がり、同時に頭が冷えていく。ホリーが隣で寝ていたが、一旦無視した。

「ロシアがウクライナを攻めたらしいですねえ」

イトウさんの言葉を聞いて、少し張りつめていたものが緩む。寝ているホリーの頭を撫でる。

「はあ。そりゃまた随分遠い場所の話ですね」

「そうでもありませんよ。日本はロシアの隣国であることを忘れてませんか」

そう言われればそうか。遠い欧州の話ではなくて、隣の国の話。ウクライナは隣の隣の国の話でもある。ロシアが大きすぎて全然ピンとこない話だった。なるほど。自衛隊が警戒レベルを上げるのも当然か。

いや、でもしかし。

僕には関係ないな。もう一度寝るかと思ったら、イトウさんが声を掛けた。

「今寝ようとしてましたね？」

恐るべき直感だった。この部屋は厳重に防諜対策をしているので、直感なのは間違いない。

僕は、棒読みで笑う。

「ははは。まさか」

そう言った後、なにー？　と言う眠そうなホリーの頭を再度撫でて、司令小屋を出る。夜になると少し過ごしやすい。二三度くらいだ。もう少しあるかも。

夜の森は思いのほかうるさい。色んな生き物が声をあげているからだ。

僕は森の様子で、ここはまだ安全だと思い直した。子供たちに被害が出ないと思うなら、僕はいくらでも勇敢になれる。

余裕のある気持ちで、イトウさんの相手をすることにした。

「というか、ロシアが攻めたって本当ですか。モスクワが吹っ飛んだのに？」

去年のことだが、中国がロシアに限定核攻撃した。もちろんロシアも中国に核攻撃した。モスクワも北京もとんでもない状況だと聞いてる。

「僕が言うのもなんですが、戦争する余裕あるんですか」

「私もそう思うんですが……」

イトウさんはそう言った後で、トーンを変えた。

「人間、というか人類は余裕がないからこそ戦争をするんでしょうね」

破滅思考だな。教育に悪い。

「はぁ。えーと、それで、僕になんの御用で？」

「鬼子母神さん、軍事の専門家としてどう思われますか」

「欧州の軍事事情について僕は素人なんで多くは言えませんが、アメリカ軍やイギリス軍、日本と戦力が減少したのが影響してるんですかね」

「そういう話になりますかねー」

　イトウさんは懐疑的だが、特に海軍力についてはどの国も大きく減じているという事情がある。後背を憂うことなく、戦力を集中できたのではないか。こじつけかもしれないが、それぐらいしか思いつかない。

「イトウさんはどういう見解を持っているんで？」

「悩んでいます。核攻撃でロシアという国の頭脳が破壊されている可能性すらあります」

「首脳部は核シェルターで無事と聞いてますが」

「実務官僚は大勢死んでますよ。正直、本件はロシアが戦う意味も利得も見いだせないので、それぐらいしか思いつかないんです」

「まあ、それを言うなら僕だって中国との小競り合いが大戦争になるなんて思ってもいなかったわけで」

「ですよねー」

戦争というのは不合理と理不尽の塊だ。一〇年どころか三年前だって、こんなことになるなんて誰も想像していなかったのではないだろうか。

「不合理と理不尽の塊か」

「なんですか、それ」

「独り言ですよ。ただの。戦争って、理不尽だなあと」

「そうですねー。こっちに飛び火しないといいんですけど」

「逆じゃないんですか。こっちの戦争が飛び火して向こうに移ったのでは」

「またこっちに飛び火したら嫌ですねえ」

それフラグですよと言おうとしてやめた。

「こっちにはもう可燃物は残ってないと思いますけどね」

「そうですね。どこも焼け野原です」

面白くない冗談を言う口調でイトウさんはそう言った。僕も同じ気分だった。

通話を終えて寝床に戻り、天井を見上げて考える。

ホリーを起こしてしまっていた。いかにも眠そう。

「なにー、なによう」

「なんでもないよ」

寝ながら抱きついてくるホリーに軽くキスして、寝ようと考えた。起きて考えても仕方のないことだ。……今は。

戦争、戦争ねえ。

戦争の悲惨さは十分に世界が知ることになった。にも拘らず、やるか？

イトウさんに言ったことを繰り返し思う。ループだ。そこから抜けきれない。

ホリーの太股がひんやりして気持ちいい。

寝る。意地でも寝るぞ。明日考えよう。こっちに再度火の粉が来るとかどんな嫌な未来予想だ。

各勢力の活性化

それで翌日。

僕は一応の用心で戦いの準備を始めた。自衛隊だって警戒レベルを上げているんだから、僕たちがやっても悪いことはないだろう。飛び火でヨーロッパに移った戦争が再度飛び火するとは思えないが、用心に越したことはない。

敵が、頭のいいやつだけ、とは限らないのがこの業界だ。不合理と理不尽がまかり通る以上、対応する準備だけはしておく必要がある。まあ、再度飛び火するにしてもすぐではないと思うけど、一年かそれくらいは掛かってもおかしくない。どうかすれば五年掛かるかもしれない。

五年先の子供たちのために一定の準備をしておくことは悪い話ではない。なに、そんなに難しい話ではないのだ。単に情報を集めて、戦闘に備えればいい。

子供たちの訓練を少しだけ増やしておこう。まめたんの補充はすぐには見込めないし、今あるまめたんだって、言わば戦時急造品だ。いつまで使えるか分かったもんじゃない。修理用の部品だけでも手に入ればいいんだけどなあ。

「なんかピリピリしてるわね」

ホリーが僕にコーヒーを入れながら言った。

「欧州で戦争が始まってね」

「バカなんじゃないの？」

端的だった。苦笑しか出ない。実際そのとおり。

「ホリーの言うことは正しい。ただまあ、正しい戦争なんて、今まで一度だってあったためしはないんじゃないかな」

「嫌になる話ね」

ホリーはそう言ってコーヒーをすすりながら僕を見た。

「そんなヤクザな仕事さっさとやめるほうがいいんじゃない？」

「努力しているのは知ってのとおり。ただまあ、どうなんだい、ミャンマーは」

「さあ？」

ホリーはあっけらかんとしたものだ。

「多国籍軍がどうにかしてくれるんじゃないの？」

「投げやりだなあ」

「これは投げやりじゃなくて、達観しているの」

違いが今ひとつ分からないという顔をしたら、ホリーが説明を始めた。

「アメリカやイギリスなどの多国籍軍が一時的に管理するのが一番、独立を回復する前にミャンマー軍を解体しないと何度でも同じ展開になるわ」

軍が権力を握る、その構造が良くないとホリーは言う。それはそうなのだが。

「ミャンマー軍が色々悪さをしていたというか、民主化の邪魔をしていたのは確かだけど、軍が弱体化した途端に隣のバングラデシュから攻められたろう？」

「そうね。国を維持するための戦力がいらないって言ってるわけじゃないのよ。その戦力が政治権力を握るのが問題といっているだけ」

「なるほど」

ところがその肝心のミャンマー軍解体と再編成がうまく行ってない。

ミャンマー軍は武装解除にも応じずのらりくらりとしている状況だ。連中が最後に打った手である、ミャンマー軍ではなくミャンマー政府が降伏した〝てい〟にする作戦が現時点ではうまく行っている。言葉遊び、と一蹴(いっしゅう)されそうな屁理屈(へりくつ)なんだが、あくまで軍は政府の指揮下にあったとか言って、政府の取り替えだけですませようとしているらしい。政府の主要閣僚は実質、軍が握っていたのでそれらを総入れ替えすれば、軍といえど無事ではすまないが、それくらいの損害で逃げ切ろうという魂胆である、とも言える。

多国籍軍の動きが鈍いのは戦争の傷跡が深いせいもある。中国を解体に追い込んだことに満足し、ミャンマーは放置気味だ。多国籍軍がミャンマーを守ってバングラデシュと戦うのも面倒臭い、という状況になってしまっている。

「まあ、多国籍軍が諦めるなら、そのときはあんたの出番よ」

「僕がミャンマーを征服するのかい？」

「当たり前でしょ」

正直にいうと子供たちの養育費さえ払えれば僕としては戦争に興味はない——のだが。参ったなあ。

うーん。冷静に考えるとウクライナの戦いがこっちに再度飛び火する可能性、なくはないな。イギリスやアメリカがウクライナ側で参戦するとかになると、こっちに戦力が回ってこなくなる。巨大な空白ができてしまう。

そして戦力の空白は、そこを巡って戦いが起きるものなのだ。

……まったくもって面倒臭い。嫌な話だ。

「やれやれ、前途多難そうだね」

「中国軍と正面から殴り合うよりはいいんじゃない？」

ホリーはそう言うが、僕としては規模の大小にかかわらず、戦争はもうこりごりな気分だったのだ。

本当にやれやれだな。

ホリーを見る。今のうちに手持ちのカードは全部確認しておこう。

「ホリー、君になにか打診が来てるとかないかい？」

「あったら教えるわよ。今の状況じゃ楽観はできないわね。ウクライナなんて欧州の隣なんだから」

「そうだね」

僕はコーヒーをすすった。粉っぽいのはいつもどおりだ。熱いのが救いか。

「ホリーを守る戦力は用意しておきたいね」

「ふふ。頼りにしてるわ」

良い雰囲気になったところで横腹から体当たりを喰らった。ジブリールだった。

「どうしたんだい？　ジブリール」

「私もさっきみたいな大人の会話がしたいです」

「なるほど？」

僕はジブリールの頭を撫でた。

「そんなの、歳をとったらいつでもできるようになると思うよ」

「今すぐやりたいです！」

ホリーが口に手を当てて笑ってジブリールを撫でている。うん。可愛い可愛い。ジブリールとしては不満だろうが。

「今のジブリールも可愛いと思うよ」

そう言ったら、そ、そうでしょうかと照れられた。身を離して照れているのは可愛らしいが、なんというか素早い。やっぱり一〇代って素早さが違うんだよなあ。

僕は微笑(ほほえ)んで、話題を戻すことにした。

「ともあれ、欧州での戦争では、こっちから積極的に動くことはできないんだ。飛び火しないように願いつつ、準備しよう」

「そうね。それしかないか」

「とまあ、言っておいて何だが、一応の準備だ。そこまで心配しないでいい」

「悪いほうの予感ほどよく当たるって知ってる?」

「フラグだね。知ってるさ」

そう言って僕はコーヒーを飲み干した。思いのほか、苦かった。


二〇日も経(た)たずに、ミャンマー軍が動き出した。

素早いというか、なんというか。もう少し待ったほうがいいんじゃないかと思わなくもないが、ネピドーからヤンゴンに進軍して治安維持をしていた多国籍軍の小部隊を追い出した。首都を取り返した、バマーの勝利だと宣言している。

んんん、本当にちょっと早すぎないか。普通、多国籍軍が引き上げた後にやるんじゃないか？

そう思っていたら、今度はモン族が独立を宣言した。翌日にはシャン州の名の元であるシャン族が独立を宣言している。

ミャンマー大分裂、というところだ。それにしてもいきなりだな。

「今がチャンス、というところなんでしょうね」

イトウさんが米粉の麺を食べながらそう言った。二〇日もすると慣れてしまうのか、いつものほほんとした感じに戻っている。僕はというと、僕の支配地域というか軍事力が及ぶ範囲がまるっとシャン州に入るので、なんとも言えない気分だった。

「その、西の方は分からんでもないんですが、シャン州はさすがにどうなんですかね」

僕も米粉の麺をすすりながら言う。同じ日本人同士なので音を立てて麺をすすれるところがいい。こればかりは余所でやると叱られる。

しばらくは麺をすする音が続いた。

「まあ、シャン州もさすがに事情は分かってるでしょうから、代表かなんかが接触しにくるんじゃないですか？」

「はぁ」

「きっと鬼子母神さんを雇いたいとか、そういう話になると思います」

「僕は日本政府に雇われているんですが」

「その情報は公開していますよ。それでもです」

「えーと、どういう意味でしょう」

「日本とも連絡を取りたいんだと思います」

「僕と話すよりは確かに建設的だとは思います。でもどうなんでしょうね」

「どうって?」

イトウさんは麺をすすりながら言った。残念美人という感じだが、僕としてはこっちのほうが安心する。

「この際独立なんか宣言しないでも前よりずっと自治は強化されるでしょうから、あえてこんなことしないでも良い気がします」

「そうですねー。この辺の気持ちは日本人には分からないと思いますよ。熱意というか、悲願というか」

「その言い方だと、イトウさんも分からないって感じですね」

「分かりませんねえ」

日本人には分からないか。注意しよう。理解できないところから火の手があがったりアタックが来たりするのはまあよくある話だ。気をつけないと僕の子供たちが傷つく。

残党どもとのと戦い

三日もするとイトウさんが予想していたとおりになった。自称シャン国の特使を名乗る人物が代表者に会いに来たという。

面倒な話だ。しかも面白くなさそう。

当然、僕は他人に振ろうと思った。

「イトウさん？」

「私をいきなり使うのはおすすめしません。日本との対話はカードとして隠しておいたほうがいいと思います」

真顔でそう言われて、困った。正論だ。いや、でもしかし、僕は一応死んだ設定になっているしな。

仕方ない。

「ホリー」

すがりつくような目で言ったら、ごみを見るような目をされた。

「あんた、押しつけようと思ってるでしょ」

「そうなんだけど！」

三秒ほど見つめ合う。ホリーが面白くなさそうに僕の額を突いた。

「はー。仕方ないわね。やってあげるけど、今度デートかなんかに連れていきなさい？」

「デートしたことないんだが」

「面白くなってきたじゃない」

何が面白いのか、ホリーは肩を回しながら言った。いや、元々政治家だったんだし、ホリーが出ていくのならそれが一番だ。僕だと変な言質を取られる可能性だってあるしなあ。

腕を組んで司令室の天井を見ていたら、パトロールに出していたシンシアから連絡があった。新顔だが気の利く子だ。僕とはあまり話したがらないから、緊急事態と言っていいだろう。

ホリーに任せて良かったと言うべきか。

「こちらシンシアです。発砲を受けています」

「被害は？」

「車に穴が空いてるだけです」

「応援を向かわせるが、とりあえずは避難だ」

「分かりました」

さらに時間差で、五、六ヵ所から銃撃を受けたと報告が入る。場所はいずれも僕たちの支配地域内だ。

やっぱりというか、敵の動きが早いな。しかしまあ、どこの勢力がやらかすにしても、僕たちを攻撃するなんて、意味があるのかなあ。

実のところ僕たちは、中国との国境から五〇kmの地帯以外では特に活動していない。街すら占領、支配してない。その必要を感じていない。いや、子供の世話以外にお金を使いたくないという事情もある。それを攻撃してどうするんだ？　控えめに言ってミャンマー側であるこちらは山しかないんだけど。それだって旧中国、旧ミャンマーから見れば腹立たしいことなんだろうが、今攻めるもんなのかな。

　まあいい。

　一応警戒レベルは上げているんだ。対処できないかと言えばそんなことはない。

すぐにも反撃部隊を編成して送り込んだ。

とはいえ良くない状況だ。後手に回っている。僕は攻めるほうが好きなんだ。しかし肝心の敵が誰かというのが分かってないという。

あー。なるほど。そういうことか。まともに戦えないから、嫌がらせをするという方向か？　特に意味のない地域での嫌がらせ攻撃は僕も散々してきたから、真似(まね)されることは十分ありえる。

待つことしばし、こっちが反撃に出ると敵は逃げ出していた。というよりも反撃に出る頃には完全撤退していた。車に発砲してすぐに逃げ出していたんだろう。これで、嫌がらせが目的なのははっきりした。僕ならもう少し読みにくい攻撃にするだろうが、向こうはノウハウが足りてないんだろうな。

　それにしてもストレスのたまる展開だ。万が一子供に当たっていたらどうするんだ。

　どうしようかと考えているとホリーが戻ってきた。

　表情は、微妙。何が起きたのか分かっていないような顔をしている。

「良くないことがあったかい？」

「そう言われればそうかも？　連中、私たちに出ていけと言ってるわ」

「なるほど？」

よく分からないな。どういうつもりでそれを言っているのか。まあ、だからこその、ホリーの表情だろう。

「残念だけど、デートは少しあとになりそうね」

本気だったのか。

いや、それよりは今の状況だ。とりあえずは情報共有をかねてイトウさんに話そう。

通信を行う。

「イトウさん、今話せますか？」

「いいですよ。近くに来てますから対面で話しましょう」

「ありがとうございます」

ほどなくイトウさんがやってきたので僕は事情を話した。イトウさんは話を聞いたあとで、言葉を選びながら喋（しゃべ）り出した。

「まあ、そうなりますよね」

「予想されていたんですか」

「まあ。一応は。ほら、鬼子母神さんは死んだことになったじゃないですか」

「ええ。まあ」

僕は自分が死んだことにしてる。そういう演技をしたというか、雑ではあるがそういう情報工作を行った。暗殺対策というやつだ。国をいくつか滅ぼして恨みをもたれないなんてないから必要な処置だった。しかしそれが、裏目に出ているという。

「要するにですね。無敵のアラタさんがいないので、舐められてるってわけですよ」

「はぁ」

なんというかこう、それが事実とすれば底の浅い話だった。え。僕が仮に死んだっていっても戦力である子供たちもまめたんもそのままなんだけど。

「えーと。なんというか」

「バカなの、死ぬの？　ですか」

「古い言葉を知ってますね。ええまあ、そんな感じです」

「とはいえ、主力がロボットと子供ですからねえ」

「そのロボットと子供に滅ぼされた国があったんですが」

「ありましたねー。まあでも、過小評価のほうは確実ではないかもしれません。他に事情があるのかも」

イトウさんの言葉に頷いて、僕は考えながら口を開いた。

「そうですね。決め打ちにはまだ早いかも。敵は今のところ嫌がらせしかしていません。まともに戦うだけの確信を持ってないんじゃないかな」

「なるほど。それで、どうされます？」

イトウさんは鋭い視線を僕に向けてきた。僕は肩をすくめて見せる。

「雇い主の意向に従いますよ」

「難しいことを言いますねえ」

イトウさんは苦い顔をする。僕にはそれがよく分からない。

「難しい、ですか」

「難しいですね。日本が今大変なことはご存じですよね」

「そりゃあ。もちろん」

「中国の分裂で我が日本は最大の貿易相手国を失いました。その上でロシアの乱心です。シベリアだってどうなるか」

「つまり、こういうことですか。収入は減って軍備という支出は増えている」

「そうです。加えてミャンマーという国はそこまで魅力的というわけではありません。現状日本は優先して中国沿岸部を支援したいと考えています」

僕は腕を組んだ。

「つまり、契約不履行になる、ということですか？」

イトウさんは鋭い目つきを引っ込めた。国益に反すると思ったらしい。

「まさか。鬼子母神さんの価値を考えれば一〇〇億が二〇〇億でも日本は出します。ロシアと戦う可能性、そういうのがあるのならなおさらです」

「なるほど。ということは、金は出すけど好きにやってくれ、ですか？」

「ついさっきのことなので本国と連絡しているわけではないですが、そうなる可能性はそれなりにありますね」

面倒臭いなあ。子供たち全員を日本が受け入れてくれたら良いんだけど。まあ、でもそれは無理か。それができたのなら僕はとっくに廃業している。

ではどうするか。ふと目をやると、イトウさんは面白くもなさそうな顔で僕を見ている。

「僕は裏切りませんよ？　お金を貰っている間は」

「いえ、そういうわけではなく、やっぱり鬼子母神さんをけしかけて、アラタランドを建国しておくべきだったなあと」

「二一世紀に武力で外国人が国を成立させて歴史に名を残すなんて嫌ですよ」

「子供たちの安全が買えるなら？」

「それならまあ、仕方ないかも」

「ですよねー。ああ、なんでその口説き文句を一年前に思いつかなかったのか」

本当に残念そうにイトウさんが言うのでちょっと笑ってしまった。

気を取り直して仕事をすることにする。対応を考えよう。僕というシンボルを失って弱体化していると思われるのは残念だ。対応としては僕の生存を明かす手もあるが、それはそれで面倒臭い。ではどうするか。実力を示す。それしかないか。以前と変わらぬ仕事ぶりを見せれば良いだろう。

つまりは武力の誇示だ。このあたり、傭兵もヤクザも違いがない。

どういう誇示がいいかな。嫌がらせに撃ってきたやつを確実に殺していくか。大変そうだができなくはない。情報さえあれば。

情報収集にセンサーをばらまいておくかな。んー。でもそのセンサーも最近高いんだよな。中国の半導体生産能力が大幅に減って、世界中で電子機器の高騰が起きている。ほとんどパニックという価格高騰だ。

正直、勿体(もったい)ない。別の手でいくか。

子供たちの安全確保については、連中がまめたんに攻撃を仕掛けてこないところを見ると、まめたんの戦闘能力というか容赦のなさは知っているようだ。パトロール隊にまめたんも随伴させることで安全を確保しよう。

問題は武力の誇示だ。敵も分かってないのに武力を誇示するってなんだかとんちめいているな。

ああ、そうだ。

シンが訴えていた治安維持と人道支援目的での街の占領、あれはどうだろう。今のところ占領も何もせずに放置している街がいくつもある。そこが敵の拠点かどうかは分からないが、たとえ外れでも治安維持はそろそろ必要だなと思っていたところだ。

バカはどこにでもいるもので、ここ最近街で暴れて無法状態になっているところが出始めている。教育に悪いから、改善しようと思っていたところだ。

よし、都市攻略、やろう。とはいえ、なるべく穏当な、教育に良い感じにしたいな。ホリーにあとで連絡しておこう。

他にやるべきこととして、嫌がらせの一環として敵が兵站を攻撃する可能性もあるので、そちらの防衛も強化する。んー。兵力が足りない。素直に割り振っていくと、いくら兵力があっても足りなくなる。特に酷使していたまめたんの数が足りない。日本政府に言って輸入できないものだろうか。

順番にやるか。どの順番にやるかだな。

悩んでいたらシンがやってきた。ノックを忘れているようなのでノックを教える。

「パトロールはどうだった、シン？」

「街の様子が良くないです。銃撃戦が起きていました」

今回のことに関係があるかどうかだな。関係があった場合、敵は拠点を作ろうとしている可能性がある。

それにしても……。

「暇な人たちだな……」

戦争する暇があったらもっと別にやることがあるだろうと真剣に思う。なんなら具体例を無限に挙げることもできるだろう。

　ため息が出そうなのをこらえる。

「それで、シンはどうしたい？」

「街の治安を守るべきです」

「それを言われるのは二度目だな」

「父はなんでそんなにやりたがらないのですか」

　シンに父と言われたのは初めてだな。それで僕は思わず笑顔になった。いや、状況的に笑顔もなんだな。無理矢理笑顔を苦笑に変えて僕の考えを告げる。

「支配にも占領にも興味がない」

「でも、都市の人は困っています」

「そうなんだよねー」

「都市の中には僕たちの兄弟になる子がいるかもしれません」

　シンは僕の性格をよく分かっている。まあ、乗ってあげるかな。シンの心を守るのも僕の仕事だし、どうせ順番の問題だった。

「うまい言い方だね、シン」

「そうなんですか？」

「そうだ。僕にはよく効く。大人がどうなろうが知ったことではないが、子供はその限りではない。なにか良い方法を考えよう」

「よろしくお願いします！」

街を順に占領していこう。敵がそれを見てどう動くかだな。敵が街と連携しているかどうか。

いや、連携はこの際関係ない。子供たちの教育にいいかどうかの問題だ。

結論、都市を攻略しよう。僕はシンの良い父親だ。だったらやるべきことは決まっている。シンの誇る父親を死ぬまで演じ続けるまでだ。

手近な街から進めていこうと占領計画を立てていたら、シンが虐殺の兆候があると言っていたことを確認した。記録を見ているとパトロール中にそういう発言があった。おいおい、銃撃戦だけじゃなかったのか。スピード感が全然変わってくるぞ。

慌ててシンを呼び出す。

「シン、どうして虐殺が起きていると思った？」

「え、僕そんなこと言ってましたっけ。確実じゃないんで報告はしてなかった気がするんですけど」

「丁度君のパトロールのデータを見ていたんだよ。それで、なんでそう思った？」

シンはベランダの鉢植えの枯れ具合から急激な人口減少を説明した。着眼点が面白い。さすがはシンだな。

確かにここ最近キャンプの方へ逃げてくる人の数は減っている。虐殺、ないとはとても言えない。

「確かに、危ない状況だね。分かった。すぐ兵を出そう」

「ありがとうございます！」

「いや、シンの気付きのおかげだよ。僕はいい息子を持った」

シンと話をしている間に編成が終わった。

軽く腕まくりする。ではやろうか。武力の誇示ってやつを。

まめたんたちを中核に近くの街へ向かわせる。子供たちを市街戦なんかに使いたくはないので、まめたんこそが主力だ。移動距離は一四km、車で三〇分かからないくらい。稜線にそって舗装はされてないが道はある。移動そのものは難しくない。

このあたりは、熱帯ということもあって緑豊かだ。道を少し離れるともう鬱蒼とした熱帯雨林が広がる。まめたんのモニター越しにもきつい緑の匂いがしそうだ。車の交通量が多いと、この森もだんだん後退していくのだが、僕たちが使う程度では森はびくともしない。

そのうち自然保護をやってもいいなあ。

街が見えてきた。街とは言ってるが、人口一万人ほどの小さなものだ。棚田の上に浮かんでいるように見える街で、米に限れば年に三度くらいは収穫できる。正直喰うには困らない場所なのだが、なんでまた戦うかな。

まめたんのカメラを確認。普通このあたりだと裸足で走り回る子供や洗濯に行く女性の姿があるものだが、それがまったくない。

まめたんの姿を見たから、ではない。最初からいない。

シンの報告が、当たっていると判断し、苦い顔になる。人々が日常生活ができない状況というわけだ。なるほど、なるほど。分かった。

戦争だ。制圧だ。もうやってるが、全力で最速でやる。反省しても遅い。急いで制圧するのが最大の罪滅ぼしだろう。

街は目の前だ。まめたんのスピーカー機能を生かす。

「こちら、アラタ。我々は我々の意志で治安維持を行います。邪魔をする場合は武力をもって排除するので、覚悟してください。我々の主張は二つ。暴力で問題を解決しようとするな。子供たちが困っているのなら僕が保護する。以上」

宣言の後、メインストリートといくつかの支線から同時に進入する。それの反対側に少数のまめたんを置いた。包囲殲滅(せんめつ)するわけではないから脱出路は残すが、大物が見つかることもある。一応の用意だ。

同時に四〇画面を表示しながら、指示を入力していく。目が疲れるがしょうがない。都市部での戦いは同時になんでも起きる。

物陰から銃で狙うヤツがいたので銃を向けて黙らせ、人質を取って意味不明の主張をする連中を射殺する。

「降伏をお勧めする。人質を取る人間を容赦はしない」

人間はそう言われてもすぐには銃を手放さないものだ。モニターに映る数名が迷うようなそぶりを見せた。

「自衛だろうと銃を持つことは許さない。一度手放しなさい。そうすれば殺さない」

　再度言った。それでようやく銃を捨てる者が出た。手をあげている。

　同じ事を何度も言うのは面倒臭い。先ほどの言葉をまめたんに吹き込んで、繰り返し表明させる。まめたんを薄く広げて戦線を作り、ゆっくり押し上げていく。一度やり過ごして後ろから撃とうという敵がいたのでさらにその後ろから撃ち殺した。第二陣がいないとでも思ったんだろうか。バカもいいところだな。

　市街地制圧でのまめたんは、強い。連携した視覚を持つのでそもそも死角がない。奇襲を受ける可能性が非常に低い。それに加えて人間と違って油断も遠慮も躊躇もない。敵がいれば即座に撃つし、人間と違って銃の反動で射撃がぶれたりしない。二発ずつ撃って正確に敵を殺害していく。僕はモニター越しにこれを眺めるだけだ。

　子供を盾にするヤツがいたので、これについては問答無用に狙撃で片をつけた。バカだな。僕は子供使いだぞ。

　敵の一部が逃げ出した。士気が崩壊したらしい。包囲されていないと思っている。大体は見逃すつもりだが、人質を連れているやつに遠慮することはない。別働隊のまめたんで狙撃をしていった。

　ああ、全滅させてもいいな。いや、単に逃げるだけの人もいるかもしれない。やめよう。相手が卑劣だからって僕まで同じレベルに落ちることはない。

それにしても、連中、組織だった軍隊の動きではない。単なる無法者か？　敵はいないのかな。

まあ、仮にそうだとしても治安維持は大事だから意味がないわけではない。

ほどなく街の全域を制圧した。武力制圧よりもそこからの避難誘導のほうが大変だ。さらにいうとまめたんはこれが苦手だ。腰が痛いと文句を言ってくる老人だって敵と認識して殺す可能性がある。

子供たちを投入して避難誘導に当たらせる。シンが元気よく仕事していて、あとで褒めようと心に留める。正義感が強くて将来は警官になるのかもなと思っている子だ。まあ、それ以外にも道はあるだろうから、じっくり選ぶといいな。

僕の子供を給仕か何かと勘違いして文句を言う老人をまめたんで囲んだ。静かになった。警告を出すまでもなかった。まあ、いいだろう。日本にもいたな、ああいうやつ。世界中のどこにでもいるらしい。

座り直していくつかの街を占領するスケジュールを組む。契約で設定された五〇kmの帯の中には八つの街がある。それら全部を占領する。まあ、三日だな。いや、二日でやろう。ミャンマー側がこれなら、中国側はどうなんだと気になるところではあるが、まあ、順番にやっていこう。

まめたんを動かし、一日のうちに四ヵ所の街を占領する。夜間でも占領できそうだが、やめた。まめたんは夜でも問題ないが、人間はそうでもない。子供たちが、という話ではなく、避難民に被害が出てしまう。

遠方の街を占領したときの避難先確保も問題だな。近くにテント村でも作って食糧や水を配りつつ、治安回復後に速やかに戻すか、以後は治安維持に集中する。インフラとか政治とかこの辺をどうするかだなあ。

通信を入れる。

「ホリーさん？」

「その声聞いただけで厄介ごとと分かったわ。何よ、顔を見ながら言えない話？　また女を作ったとか？」

「いつ僕がそんなことした。いや、虐殺の兆候があったようなんでいくつか街を占領したんだよ」

「簡単に言うわね。それで？」

「街の面倒も見てくれないかなと思って」

「バカなの？」

「さすがに放置は良くないと思ったんだよ」

長い長いため息を聞いた。

「私への報酬は？　お金以外で」

「なんでもする」

「ふーん？　口で言えないようなことを耳元で言わせてやるわ」

「教育に悪くないか、それ」

「二人きりだからいいのよ」

なるほど？

ともあれ、ホリーに任せることはできた。というか、僕はアホだな。こんなことならずっと前に動いておけば良かった。面倒くさがったり自分なりの倫理観を優先して、人々の苦しみまで目が行ってなかった。シンは偉い。僕の子は偉い。

何か子供たちにもねぎらいをしたいなあ。何かないか。

頭はどこか現実逃避しながら、翌日また四つの街を攻め取る。道ができるから街があるのか街があるから道ができるのか分からないが、どれも道があって攻めやすい。これで僕の支配地域内での街は全部攻略した。

今のところ嫌がらせは止まった……のかな。最初の一回目以降は攻撃がそもそも行われていない。んー。攻めてきてくれるとそこを伝ってボスまでやっつけていけるんだけどな。

まあ、なんでも思いどおりにはいかないか。ホリーにおそるおそる連絡する。

「あの、ホリーさん？」

「何よ、また都市を占領したとか、そういうのじゃないでしょうね」

「四つだけだよ。これで最後だから」

しばらくの沈黙が怖い。

「いや、治安維持でね。無法地帯化しそうだったんだ」

「それについては理解しているわ。確かに無法地帯化してた。というか、あんたは元々、都市間の往来含めて何も規制してなかった」

「ああ、検問とかしてない」

「それはあんたがただ面倒臭がった、あるいはお気楽にこれで〝普通〟になるだろうと考えていた」

「実にそのとおりだ」

「私もそう思っていたけれど、人間ってダメね。あんたが攻めないのをいいことに弱体化したとか、都市部は俺が占領していいんだとか、そういうバカが台頭してたってわけ」

「なるほど。えーと。そういう人たちは隔離してあとでどうにかしよう」

「もう誰も生きてはいないわよ。少しはまともな連中や復讐（ふくしゅう）したいやつらに殺されたわよ」

「うーん」

思わず唸（うな）ったら、ホリーは苦笑した。

「悪党よ。気にしないでいいわ。あんたのせいじゃない」

「僕が早い段階で占領してたらよかったのかな」

「そんなわけないじゃない。もしそれやってたらあんたは侵略者で街の一区画ごとを焦土にしながら占領を進めていくことになっていたわよ」

「まあ、それはそうか。と思えればいいんだけど」

「実際そうなの。あんたは正しい。私に仕事を押しつける以外は」

「さらに押しつける先を見つけるのはどうかな」

「まともなのがいればいいんだけどね。まあ、しばらくは帰れないから、色々お預け。寂しいならジブリールでも呼んで」

「安心してほしい。僕も忙しい」

「でしょうね」

ホリーは僕を心配している。そんな気がする。

「まあ、とにかくやってみるわ。突貫で自治組織を作ってみるわ。シャン族の自称政府とかが来たら追い返しといて」

「分かった」

通信が終わった。ホリーにすまないと思いつつ、他に頼れる人もいない。僕が出ていって政治的に正しい事をばんばんやることを夢想しはするが、正直無理だよな。そもそも外国人だしな、僕。外国人が武力を背景にやってきて政治とか始めたら僕なら怒る。何もやらないが正解だ。いや、それしかできない。ミャンマーのことはミャンマーの人がやるべきだろう。もっとも民族という話で言うと、ホリーはシャン族ではないのでさらに面倒臭くなる。まあそれでも、僕がやるよりはずっとマシだろう。

ホリーの苦労を思って、悪い気になる。ねぎらわないとな。さてどうしたものか。

そんなことを考えていたら、イトウさんがふらふらやってきた。Ｉイルミネーターをつけているので、おそらく街の占領を知ったのだろう。

「見事なお手前ですね。鬼子母神さん」

「戦争はお茶じゃありませんよ」

イトウさんの表情から情報を取ろうとするが、いつもどおりににこにこしているだけだ。

「まずいことはしてないですよ。大義名分もしっかりありますしね」

僕の意図を嗅ぎ取ってか、イトウさんは答えを教えてくれた。良かった良かった。

「すみません。まさか街があんな風になっているとは思っておらず」

「日本政府も分かってませんでしたから、仕方ありませんよ。それでこれからどうします？　旧中国領、やっちゃいます？」

「やっていいんですか」

「微妙ですねえ」

イトウさんの目は笑ってない。僕を試そうとでもしていたのかな。まあ、試すのはいいにせよ。

正直あまり意味がない。

「ですよね。そもそも仮に占領したとしても、自治をお願いするつてもあてもありません。これについてはお願いされても難しいと考えています」

「軍政を敷くとか」

「子供の教育に悪いです」

「はいはい。鬼子母神さん、鬼子母神さん」

イトウさんはそう言ってからかった後、真顔になった。どうもこの人は僕にまともなアドバイスをする前にからかう悪癖がある。

「日本政府としては、民政移管される前提であればどんどんやって戴いて構いません。そういう方向に話がつくと思います」

「それは、日本政府の正式な指示ですか？」

「指示したら侵略にあたりそうなんであくまでアラタさんの自主判断という形ですねえ」

「酷い話もあったもんだ」

「そうですね」

ウインクつきで同意されてしまった。思わずため息が出てしまう。

がっかりがもう一つ。翌日やってきた自称シャン族の政府は僕たちに向けた退去勧告を引っ込めて安全保障条約を結べないかとか言い始めた。凄い面の皮の厚さだ。三ｍくらいあるんじゃなかろうか。

同時に、僕の名前の虚像って大きかったんだなあと知った。それがいいことかどうかは分からない。

まあ、いい。自称シャン族政府とやらがどんなものか、本当に代表に値するのかすらも僕は分からないのだ。ホリーが戻るまでは何もしようがない。

戦いの始末

それから数日経つ。日本じゃ桜が咲く時期だが、こっちは気温三四度だ。ありていにいって暑い。四季なんてものはない。かわりに雨季がある。高い山に行けば涼しいのだが、生活する上では無縁の場所で、結局何かと言えば、暑い。

街の占領は、それなり以上のインパクトがあったらしい。嫌がらせはぱったりやんだ。街の中の連中が僕たちへの嫌がらせをやっていたとも思えないが、こそこそやってた連中を黙らせることには成功したわけだ。

まあとりあえずはこれでいい、ということにしよう。長期的にはヨーロッパの戦争も踏まえて真面目に考えないといけない。

今回の件もそうだが、飛び火は十分以上にありえる。しかも日本政府がこの地を見捨てる可能性も十分あると来た。ままならぬのが人生とはいえ、こうも予想外が起きると困ってしまうな。

戦局、というかこの地域のなりゆきをコントロールしたい。今まで避けていたが、政治関係も無視できなくなってしまった。

なんというか偉そうな話だ。二年前だかにはいつまでもだらだら戦争をやってお金を稼ぎたいとか思っていたのに。

「偉そうな、というより、アラタが偉くなったのではないですか？」

僕の膝の上に乗ってジニがそんなことを言う。いつのまに乗ってきたんだこの娘は。あと、もう小さい子じゃないんだから止めさせないといけない。

降ろそうとしたら抱きつくので、諦めた。抱きつかれるよりは膝の上で脚をぶらぶらしてたほうがなんというか罪が少ない。

「そうだなあ」

偉くなった、か。面倒臭くなったという言葉の言い換え語としては悪くないが、正直出世にはなんの興味もない僕にとっては煩わしいことでしかない。ホリーにお願いするのだって限界がある。政治の限界がこの状況の限界になってしまっている。

さてどうしたものか。

悩んでいたらジニが僕を見上げていた。

「何が問題なのですか？」

「政治を誰かに押しつけたいが、誰に押しつけようかと思って。現地人でかつ、ホリー以外がいいんだけど、あてがない」

「では探さないといけませんね？」

ジニの言葉は適切だった。今から探すのは泥縄だと思いつつ、手がないんだから仕方ない。ホリーに見繕って貰おう。

結局ホリーか。と、僕は白目を向いた。またホリーか。ただでさえ頭が上がらないのにどうしよう。今も不眠不休で働いているのに。

「ジニ、ホリーをねぎらいたいのだけど、何かいい手はないかい？」

ジニは顎に指を当てて首を傾けて考えた後、良い笑顔で口を開いた。

「買い物が嫌いな女はいません」

「なるほど」

買い物か。まあ、一つの手だな。というか、他に思いつかない。よし、買い物に連れていこう。デートになるはず。

そう思ってジニを見たら、全力で私も連れていきますよねという目をしている。

「そうだな。ジニも行くかい？」

「はい」

ジニは嬉しそう。よかったよかったと思っていたら、その日の夜のうちにジブリールから夜襲を受けた。

「なぜ私を連れていかないのですか」

暗がりに立って涙するジブリールは、控えめに言って怖い。

「もちろんジブリールも連れていくさ」

「他の子は連れていかないのですか」

これはジブリールの高度な計算だったのかどうか。

結局、僕は子供たち全員を買い物に連れていく事になった。いや無理だろ。子供たち四〇〇〇人は軽くいるんだけど。

身から出た錆とはこれだな。お金はどうにでもなるにしても四〇〇〇人で買い物旅行なんかできるわけがない。街が歩くようなものだ。

どうしたものかと考えながら、一日を過ごす。

翌日には良い笑顔でイトウさんがやってきた。こういうときのこの人は素早い。

「私も買い物したいなーって」

「自腹でお願いします」

「ですよねー」

別に残念そうでもなく、イトウさんは言った。一応公務員なのでその辺はしっかりしているのかもしれない。

「それで、どうやって四〇〇〇人を連れて出撃するんです？」

「出撃はしませんよ」

「あー。グループでやるんですね。なるほど」

勝手に納得してイトウさんは去っていった。一緒に行くメンバーを決めるとか、そんなことを言っていた。大丈夫なんだろうか。

しかし順番になると、早い子と遅い子で差ができちゃうんだよなあ。できれば全員で一斉にやりたい。差があっても一日以内が望ましい。

いい手はないかな。

考えるうちにさらに数日経って、ホリーが戻ってきた。目の下にクマとかできていたら嫌だなあと思ったが、幸いにもそういうことはなかった。よかったよかった。

「やってきたわよ。街八個、村一四個」

「村？」

「村にも自治組織はいるでしょ？」

当然のようにホリーは言うが、当然僕はそんなこと知らない。

「いや、そりゃそうなんだけど、僕は村を占領した覚えはないよ」

「あんたの保護下に入ったほうが安全ということで、どんどん参加希望が来てるのよ」

「うわぁ。大変だ。というか、すまない。ホリー、そんなことになるなんて」

そう言ったら、ホリーは僕を抱きしめた後、おもむろに僕の頬を引っ張って遊んだ。上げてるのか下げてるのか。

「あんたほんとに自己評価低すぎ、もっと正当な評価をしなさい」

「ああいや、言い返すとか反論じゃないんだけど、自己評価っていうのがそもそもおかしくて」

「じゃあ何よ」

「興味がないんだ。困ってる人がいれば助けるくらいはするけど」

正直に言ったら、頬を限界まで引っ張られた。

「なんでこんなやつにとんでもない軍事的才能があったのよ」

それは僕も聞きたい。

「ともはれほーりぃぃ」

ホリーは微笑んで僕の頬を引っ張るのを止めた後、キスした。

「それでなんだっけ」

「君をねぎらおうと思ったんだが、子供たち皆を買い物に連れていくことになった」

「何言ってんのよこのスットコドッコイ」

「これには海より深い理由があったんだ」

「一応聞くだけは聞いてあげるわよ」

「ホリーとデートすることをジニに話したら、いつの間にかこんなことに」

「一行の説明で終わってるじゃない」

「要約したんだ」

僕は頬を散々引っ張られた。その後で散々キスされた。ホリーはキス魔だ。

「まあ、これくらいで許してあげるわ」

「そりゃどうも。いや、デートはデートでちゃんとするから」

「ほうほう。映画を見に行くとかじゃないでしょうね」

「映画は駄目なのかい?」

「学生のデートじゃあるまいし」

そういうものなのかな。デートはやったことがないので分からないが大人が行ってもいいだろう、とは思う。まあいい。重要なのはホリーの機嫌が悪くないことだ。それが重要。

「じゃあ、デートプランはまた考えるとして、買い物、なにかいい手はないかな。四〇〇〇人に一度に買い物させるようなやつ」

「商人呼べばいいじゃない。喜んでくるわよ」

その発想はまったくなかった。さすが元お嬢様だ。凄い。

「じゃあそれで行くか。お菓子とかフルーツとかがいいかな」

「待て、待ちなさい」

「うん。なんだろう」

「四〇〇〇人に小遣いあげて何か買い物させるのよね」

「そうだね……それが?」

ホリーは少し考えた。

「政治的に利用するわよ。それ」

「どこをどうやれば政治になるんだい? 素人にも分かるようにしてくれ」

「あんた普段から、賄賂とか取らないように子供たちに教えてるでしょ」

「教育に悪いからね。それで？」

「それ自体はいいことなんだけど、おかげで多くの人がとっかかりをなくしているのよ。行政というかあんたにアクセスする方法がないの」

どういうアクセス方だよと思ったが、想像もできなかった。なんというか異世界の話だ。いや異国なんだけど。

「賄賂は解禁しないからね」

「分かってるわよ。私もいい伝統とは思っていないから。ともかく話を戻すと、出店料を取って店を並べるわ」

それが政治になんの関係があるのかさっぱり分からない。僕は言葉を促すようにホリーを見た。ホリーの視線が動いたと思ったら後ろから覆い被（かぶ）されるように抱きつかれた。ジブリールだった。目一杯抱きつかれている。

「繋（つな）がりを作るのですね。店と、おそらくは店の裏にいる勢力と」

「そう」

ホリーは満足そうに言った。ジブリールが僕に抱きつく分には全然気にしてないようだった。協定があるらしい。

それにしても店の裏にいる勢力、という時点でちょっと想像できない。ヤクザみたいなもんかな。まあ、僕も世間的にはヤクザみたいなもんだろうからなあ。

難しい顔をしていたら、ジブリールとホリーに笑われてしまった。

「アラタはそれでいいのです。人間の都合など空を飛ぶイヌワシには関係ありません」

「まあ、向き、不向きはあるわよ」

ホリーの言い方は若干引っかかるが、まあ、実際そのとおりだ。政治の世界に足をつっこもうとも思わない。

「子供たちの教育に悪いのはなしだ」

「分かってるわよ。ちょっと、地域にお金を落として循環させたいだけ」

ホリーはそう言って説明を始めた。子供たちがフルーツというかまあ手に入りやすいマンゴーを一個買っておおよそ四〇円。それが四〇〇〇人。一六万円。四〇〇〇人分と思えば酷く安いと思うが、地域経済としてはこれが凄い数字なのだという。なにせ、自給自足が多い地域なのだ。また果物は悪くなりやすいため換金性が低く、果物を売って他の物を買おうにも、難しいのだという。

そこで僕たちが買い物する。なんなら毎日マンゴーを買ってもいい。その上でここ最近、物流が滞りがちなので僕たちが通行の安全保障を行う。普段の補給ルートに帯同させるだけで良い。それで商人が得たお金はすぐに使われるだろうとのこと。経済が回るわけだ。

「これまでタイとあんただけの経済圏に地元が絡めるってわけ」

「絡むもなにも、単にタイから補給物資を仕入れているだけだけど、そうだな。そういうことにもなるのか」

「ええ。そして地元で金を落とせば」

「我々を排除するのが難しくなる」

ホリーの言葉を、ジブリールが継いだ。満足そうに頷くホリー。

「そうね。地元との結びつきが強くなるほど、敵は動きにくくなると思うわよ」

敵を封じるのはさておき、地元の経済が潤うこと自体は別に反対する理由もない。僕は了承して頷いた。

政治的な都合などもあろうということでホリーに店の選定などを頼んで、僕は警戒に専念することにした。逃がした敵と思われるものはそれなり以上に上るわけで、また嫌がらせに出てくる可能性がある。

センサーを配置しようかと悩みつつ、結局ケチってまめたんとセットでパトロールするようにする。ジムニーの一部を開放荷台にしているので、そこに一台のまめたんを乗せるという方式だ。機関銃手としては丁度いい。

そのせいなのか、それとも敵の心が折れたのか、はたまたホリーの政治工作がよかったのか、攻撃はその後もない。またも安定を取り戻した、ということだろうか。現実というものは小説やマンガと違ってすっきりしない解決をする。

うーん。なんかこう、消化不良だな。

「買い物をするのはどうでしょう」

ジブリールが僕の前に座ってそう言った。距離は近い気もするが、足を揃えてきちんと座ってる感じはさすがお姫様というところ。

あいにく僕には物欲もないので特に欲しいものはないが、心遣いは嬉しい。

ああそうか。そうだな。

「何か？」

「僕がすっきりする方法を思いついた」

ジブリールがなんのてらいもなく服を脱ごうとするので止める。全力で止める。いや、そんな傷ついた顔されても駄目だから。駄目だから。あとこの部屋ドアとか開けっぱなしだから。

ふう。

「そっちじゃないから」

「そうなのですね」

一瞬、何を言おうとしていたのか忘れた。なんということだ。ああ、そうそう。僕の納得だ。この程度？　で吹っ飛ぶ程度のことだからたいしたことはないのかも。

そうか。単なる心の問題なら、別のことで納得すればいいんだな。

「思うに僕は皆が笑顔になれば嬉しいかな」

そう言ったら、ジブリールは嬉しそうに笑った。

「お店に連れていってくれるのであれば喜びます」

「うんうん。とりあえずはそれで皆が喜んでくれるといいなあ」

ジブリールが頬を膨らませているが、元々皆を連れていくとかそういう話をしたのはジブリールだったはずだ。忘れているわけでもないから、これはまあ、可愛く見せる演出なのかもしれない。九割くらい分かった上で怒ってみせている可能性もある。

まあいいか。

ジブリールの百面相を見ているだけで僕としては文句はない。

そんな風に納得して日々を過ごしていたら、ふらりと武器商人のロイ・ケイマンさんがやってきた。金髪長身のイケメンだ。武器商人という仕事がなんとも似合わない颯爽(さっそう)とした雰囲気を漂わせている。

「お久しぶりです」

ケイマンさんはそう言って司令室に入ってきた。僕も立ち上がって歓迎する。今でこそ日本政府が武器などを供給してくれているが、長いこと彼から買った武器や情報で戦っていたものだ。

「お久しぶりです。どうしました?」

「近くに立ち寄ったので。駄目ですか?」

「まさか。武器の需要は減りましたが、友人として歓迎しますよ。なんなら武器以外を売ってくれてもいい。買いますよ」

「嬉しいことをおっしゃる」

ケイマンさんは嘘くさくない笑みを一瞬だけ浮かべると、すぐに表情を改めた。

「そういえば、小さな攻撃を受けたとか？」

「よくご存じで。ええ、確かに。ヨーロッパの方の戦いの影響ですかねえ。幸い、ここ数日動いてはいませんが」

「確かにそのとおりです。彼らの正体を知りたくありませんか？」

「どんなものであれ敵の情報は知りたいとは思いますが、どうやって仕入れたんですか？」

「仕入れ先は秘密ですが、確実な情報だと思います」

「なるほど。買います」

「いえ、売り物ではないので」

「売り物でない？」

「はい。提供しろと依頼されています」

良い笑顔でケイマンさんは言う。僕はどうかと言えば、おそらくは渋い顔をしているだろう。

「提供者は敵、ですか」

「お話しはできませんが、敵ではありません」

ケイマンさんはそう言うと、整った顔に微笑みを浮かべて僕に説明を始めた。

「まず、ロシアの工作機関がちょっかいを出しています」

「え？　僕のところに、ですか」

「はい。間違いないそうです。その目的は混乱を起こしてアメリカや日本の動きを牽制することです」

「はぁ。なんというか、それにしては規模が小さいような」

「小さいんです。ロシアの主力はウクライナに向いてますから」

「なるほど」

ロシアがたくさんやっている手の一つ。というところだろうか。実際意味があるかどうか分からないくらいいけど、当たれば儲けで世界中でそういう工作をやっているというのなら、分からなくもない？

いや、分からないな。この程度の攻撃じゃ意味が薄い気がする。僕たちを牽制する、という話であれば、もっと大がかりにしないと意味がない。

僕の考えを読んだか、ケイマンさんは自分の唇に指を当てた後、聞いてくださいと言って喋り出した。

「モスクワに核が落ちたのはご存じで」

「ええ。もちろん。中国がぶっ放したやつですよね」

「そうです。即座にロシアは反撃しました」

それも知ってる。落ち目の中国に対してロシアが領土的野心を明らかにして、蚕食を始めたので中国の一部がぶち切れてぶっ放した。と言われている。あのときはもう、世界は終わりだ、みたいな雰囲気になったものだ。実際僕も全面核戦争が起きるんじゃないかと思った。

実際には、そういう事態にはならなかった。中国で内戦が起きたからだ。中国が中国を撃つことでロシアの核兵器の照準に迷いが生じたようだった。

「それが?」

「ロシアの頭脳であるモスクワが飛んで、ロシア連邦やCIS諸国が分裂を開始しました。ウクライナもそうです」

なるほど。ウクライナとロシアは別の国だと思っていたが、ロシア側の認識として一つの国というか言わば大ロシアの一員なんだな。ウクライナは。

「それでウクライナに侵攻。なるほど。それは分かりました。しかしこう。だからといってこんなしょぼい襲撃なんかしなくても」

「それはアラタさんが迅速かつ苛烈に動いたせいですよ。正直、僕がここにいて話をしている段階でも、まだ襲撃は続いていると思っていました。そこで情報を提供して、感謝されるという筋書きだったんでしょう」

「依頼人はそう考えていたと」

「僕の想像です」

ケイマンさんはそう言って笑った。まあそういうこともあるかもしれない。

「なるほど。ありがとうございます。しかし解決はどうなんでしょうね。確かにここ数日は敵の動きがありませんが。まだ後続があるかもしれません」

「そこで、はい。これをどうぞ」

僕はＵＳＢメモリを貰った。五一二ＭＢのものだった。手に入れるほうが難しい昔のものに見える。

「これが？」

「そこに、襲撃者のアジトや名前があるそうです。それらを統括する工作員の資料も入っていますよ」

「なんでこんなものを提供者は持っているんですか」

「分かりませんか？」

そう言われて僕は考えた。渋い顔になる。

ケイマンさんは笑っている。笑いの絶えない人だ。

「え、シベリアですか。情報の出元は」

「はい」

まだ僕のことを諦めてなかったのか、あの国は。うへぇという気になった。まったくろくでもない。

「かの国は、なんとか関係を修復したいと考えています」

「なんでまた。僕のことをほっといてくれたら平和だと思うんですが」

「モスクワがなくなって独立志向を高めているのはウクライナだけではありませんよ」

その説明で得心がいった。なるほど。なんでウクライナの説明から入るのかというと、そういうことか。

なるほど。分かった。ろくでもないことが分かった。

「独立するために僕を使いたいとか、そういうことですか」

「はい。ついては先ほどの情報を手土産に、歓心を買おう、というわけです」

「なるほど。提案は分かりましたが……」

僕が断りを入れる前に、ケイマンさんは軽く手をあげて遮った。

「これは友人としての忠告ですが、世界情勢は流動的です。日本がいつ裏切るか分からないのですから、手札は多いほうがいいと思います」

実際、一度ならず日本に見捨てられたでしょと言われたら、ぐうの音も出ない。

「なるほど。分かりました」

「色よい返事はしないでいいのです。向こうもすぐに関係修復するとは思っていません」

「それを聞いて安心しました」

僕はそう言ってため息をついた。中国が分裂して落ち着いた、平和になったとか思っていたんだが、現実はまったくそうじゃない。

世界も僕も子供たちも、安息の日は遠そうだ。

僕はケイマンさんがマチアソビというイベントがありましてと言うのを聞き逃しながら、窓の外を見た。

まったくもって窓の外だけは平和そうなのだった。どこかでは大戦争が起きているというのに。

〈マージナル・オペレーション［FⅢ］終わり〉

あとがき

お久しぶりです。『マージナル・オペレーション［FⅢ］』をお届けします。シリーズが完結してよかったよかったと思っていたら、あっという間に数年が経っていて、月日の経つのは早いなあとびびっております。

今回10周年（まるっと10周年なんで11年目）にお送りしています。これを機に一念発起して公式サイト、公式Twitterもはじめたので、見てやってください。見てから買われた方はスミマセン。

また、長らく電子書籍になっていなかったんですが、今回ついに電子化しました。めでたい。『マージナル・オペレーション01』から『05』（通称「無印」）を皮切りに、今後増えていく予定です。引っ越しなどで行方がわからないときは、ぜひお買い求めください。

今後もなにかできればいいなあ、とか思いつつ。

と、告知はこれくらいにして今回の［FⅢ］ですが、時系列的には『マージナル・オペレーション改11』のあとになります。全篇の時系列がほぼ同じなので、未来の話がぽーんと置いてあったりはしません。各キャラクターの成長、なかでも子供たちの成長が垣間見えるのではないかと思います。

メーリムはまだまだ子供ですけど、ジニはお姉さんになったなあ……と、書いていて感無量でした。付き合いの長いキャラクターたちなので、思いもひとしおというやつです。まあ死ぬときは死ぬんですが、それでも。

さて、今回のトピックとしてはウクライナとロシアの戦争です。最近のトピックを取り込みましたね、と編集の平林さんに言われたんですが、半分ほどは外れています。単にアラタたちに直接関係していなかっただけです。

というのも、一ヵ所の戦争が飛び火してそれが欧州にも、というのは元々想定されていたためです。第一次世界大戦も第二次世界大戦もその後の冷戦もそうですが、大国が動けば世界規模で飛び火するのが歴史の必然です。

これ自体は２００９年に出版されベストセラーにもなったジョージ・フリードマンの『１００年予測』という本でも予想されていたことでして、突然降って湧いたものではありません。というよりも、予想は簡単なほうだったのではないかと言われています。

二〇〇〇年代後半には、すでにロシアがあっちこっちで意に添わない旧ソ連諸国に軍事的圧迫をかけることが常態化しており、エスカレートは必至だろうと予想されていたわけですね。

とはいえ、そっちに興味がなければ、「え?」と驚くのも確かで、実際作中の人々もびっくりしています。

ということで、紙幅がつきてしまいました。読者の皆様、編集の平林さん、素敵なイラストを描いてくださったしずまよしのりさん、ありがとうございます。

またお会いできたら、お会いしましょう！

二〇二三年六月　芝村裕吏

マージナル・オペレーション［FⅢ］

芝村裕吏

2023年7月31日第1刷発行

発行者	森田浩章
発行所	株式会社 講談社 〒112-8001　東京都文京区音羽2-12-21
電　話	出版　(03)5395-3715 販売　(03)5395-3608 業務　(03)5395-3603
デザイン	川名 潤
本文データ制作	講談社デジタル製作
印刷所	株式会社KPSプロダクツ
製本所	株式会社フォーネット社

KODANSHA

ISBN978-4-06-532124-9　N.D.C.913　222p　19cm
定価はカバーに表示してあります

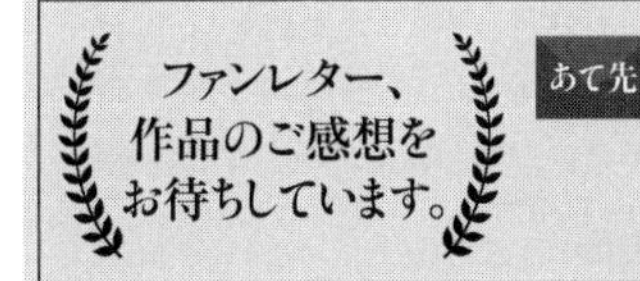

あて先　〒112-8001　東京都文京区音羽2-12-21
(株) 講談社　ライトノベル出版部 気付
「芝村裕吏先生」係
「しずまよしのり先生」係

追放されたチート付与魔術師は気ままなセカンドライフを謳歌する。1～2

俺は武器だけじゃなく、あらゆるものに『強化ポイント』を付与できるし、俺の意思でいつでも効果を解除できるけど、残った人たち大丈夫？

著:六志麻あさ　イラスト:kisui

突然ギルドを追放された付与魔術師、レイン・ガーランド。

ギルド所属冒険者全ての防具にかけていた『強化ポイント』を全回収し、
代わりに手持ちの剣と服に付与してみると——

安物の銅剣は伝説級の剣に匹敵し、単なる布の服はオリハルコン級の防御力を持つことに⁉

しかもレインの付与魔術にはさらなる進化を遂げるチート級の秘密があった⁉

後に勇者と呼ばれることとなる、レインの伝説がここに開幕‼